ウェンディ
「羊人族。めぇぇぇぇ」
「め、めぇぇぇ……」
シロ

シロ
「被装纏衣・壱被黒鼬」

「やりますね……！」

ハヤト

アヤメ
「なっ……これはっ！
あの変態が私に着せてきただけで！」

5

著：シゲ【Shige】

イラスト：オウカ【Ouka】

異世界でスロ～ライフを〈願望〉 5

I have a slow living in different world (I wish)

CONTENTS

序章　優雅なお茶会

さて、今日は何をしようかな。そう思いつつ隼人(ハヤト)邸の廊下を歩いていた。

豪邸ゆえに長い廊下を歩きつつ、ある程度王都ラシアユを満喫したんだなと思いを巡らせ、そろそろアインズヘイルに帰るかなと考える。

隼人にはかなり長い間お世話になったし、お礼はどうするかな。

やはり甘味がいいか？　隼人はデザートも美味(おい)しそうに食べるイケメンだからな。

あの男ならばきっとケーキバイキングに一人で行っても問題ないのだろう。

むしろあの美味しそうに食べる姿に女性客は『ほぅ……』っとなってしまって、胸いっぱいお腹(なか)いっぱいになってしまう可能性すらあるな……。

お店にとっては万々歳だが、女性陣にとっては……眼福だからいいのか。

「あ、お兄さん。良かった。探してたんですよ」

「ん、クリスか。どうしたんだ？」

「中庭で隼人様がお茶をしますので、よろしければご一緒しませんか？　と、おっしゃっているので探していました」

「おーそうか。じゃあ、お言葉に甘えようかな」

クリスは満面の笑みを見せ、さあっと隼人のいる中庭へと促してくれる。

霊薬で目を治してからのクリスは一際笑顔をみせるようになっていて、綺麗な双眸を見せている。

「調子はどうだ？」

「あ、瞳ですか？　とても良いですよ！　前よりももっと鮮明に、世界が変わったように綺麗に映ります」

「そかそか。なら良かったよ」

「はい！」

迸るほどの眩しい笑顔を向けられ、思わず頬が緩む。

出会った頃の塞ぎ込んでいたクリスに比べると、別人かってくらい変わったもんだ。

まあ、隼人への想いも素直にぶつける事にしたようだし、恋する乙女は流石強いなあ。

「あ、イツキさんいらっしゃい」

「おーう。お呼ばれしに来たぞ」

手入れされた庭園に囲まれた中にある白亜のガゼボのような小さな建物の中に入り、備え付けの椅子に座る。

壁はなく柱と屋根だけのガゼボは背景の庭全てが内装のようで、そこからの見え方にまで庭の手入れが行き届いているようだ。

「それでは、お注ぎしますね」

「クリスは給仕するのか？」

「はい。これが私の役割ですから」

取っちゃ駄目ですよ？　と言わんばかりの表情でポットを抱えるようにするクリス。

取りはしないのだが、せっかくだし隼人の隣に座ればいいのにと思ってしまう。

「それじゃあ、いただきましょうか」

「ああ……お。これか」

この屋敷に来てから俺が一番好きな紅茶だ。

紅く彩られた色をしており、砂糖は加えていないらしいのだがほんのりと甘い香りが鼻腔を刺激し、すっきりとしつつも自然な甘さを感じつつ後味に少し渋みが残る。

「はあ……美味いなあ」

「ふふ。イツキさんそれ好きですよね」

「ああ。でも、同じ茶葉なのに自分で淹れると渋みが強くなるんだよなあ」

「クリスが淹れるお茶は美味しいですからね」

「今度淹れ方をお教えしますよ。ちょっとだけコツがいるんです」

「お、そいつはありがたい。ああ……この菓子も合うなあ……」

淹れ方を教わったら、お土産に茶葉を買っていくとしよう。

ついでにこのお菓子の作り方も教えてもらおうかな。

って、最近女子力上がってない俺？

……気にしないことにしよう。それにしても、優雅な昼下がりだな……。

「ハァァアアアッ！」

「ツゼェエエイ！」

……あれ？　剣戟（けんげき）の鳴り響く物騒な昼下がりになったよ？

聞こえてくるのは気合の入った声と金属同士がぶつかり合う音。

優雅で落ち着いた一時は、あっという間にかき消されてしまった……。

隼人の庭は広く、普段も鍛錬に使うらしいのでソルテ、アイナ、レンゲが特訓中なのである。

そこにミィも混ざって一対一での模擬戦を行っているのだ。

「気合入ってますねえ」

「だな。隼人は混ざらなくていいのか？」

四人が鍛えている理由は『王都一武術大会』に出場するためだ。

アイナ達（たち）、『紅い戦線（レッドライン）』は三人制のチーム部門。

ミィと隼人は個人の部に出るらしい。

ミィは前回三位だったそうで、今回も個人の部に向けて鍛えているというわけだ。

「あはは、今はゆっくりしたいですね……」

そういえば昨日も朝早く出て行っては夜遅くに帰ってきていたな。

英雄で伯爵ともなれば王都にいると何かと頼まれる事も多いのだろう……。

そしてそれを断れない立場な上に性格的にも断らないのだろうな……。

「それにしても凄（すご）いもんだな……」

四人ともさっきから動きっぱなしである。

特に俺が凄いと思うのはレンゲだ。

武器が振り乱れる中での拳である。

籠手（こて）をつけているとはいえ、弾（はじ）き、懐に潜り込み、回避し、受け流すという俺の中では考えられない行動をしているのだ。

相手をしているアイナは堅実な両手剣で攻撃後の隙を無くすように動いているのがわかる。

堅実と言うと教本どおりで読みやすく、決定打に欠ける防御主体な戦い方に思われるがやはり長きに亘（わた）って研究された結果最も理想とされる戦い方であり、生きるという面でみれば堅実な戦い方ほど大きな弱点もなく、実戦経験も豊富なアイナならば教本の穴をついた攻撃に対しても臨機応変な対応が可能だろう。

攻撃と回避や防御をお互いに繰り返していく光景はまるで演舞を見ているような気分だが、レンゲの装備は紛れもなく普段から使っている武器であり、その拳の痛みは俺もよく知っている。

ソルテは槍（やり）を構えて間合いをはかりながら速度を利用して近づかせないような戦い方だ。

速さと槍は下手をすれば速度が殺されて意味を成さない場合もあるが、ソルテ程の腕前ならば中々懐に潜り込ませない技量があるのだろう。

だがミィは流石隼人と共に旅をしてきた仲間である。

武器は普通のナイフではなく、ククリナイフと呼ばれるくの字に大きく内反りした長めの大きなナイフなのだが、やはりリーチの差は大きい。

それでも何度も懐に潜り込む事に成功し、ソルテが危うい場面が見受けられていた。

「この光景、元の世界では考えられませんよね……」

「その上の領域にいるやつが何言ってんだよ……」

この男、実は紅い戦線（レッドライン）とミィを含めた四人を同時に相手に訓練をしてのけるほどに強い。

しかも俺でもわかるくらいに余裕があるのだ。

普通ならグレートソード並みに大きな『光の聖剣（エクスカリバー）』を扱う場合両手持ちだろう。

それなのにステータスが高いので片手で振るう。

そのため、空いた左手でしっかりと頑丈な盾をもてるのだ。

はっきりいって攻防共に無敵だと思う。

初めて戦いぶりを見た時は、攻めづらい難攻不落の城砦（じょうさい）でも相手にしているんじゃなかろうかといった感想だった。

四対一でも冷静に護（まも）り、剣を振るえば離れてみている俺にまでその疾（はや）さがわかるほどに鋭いのである。

そのうえ全体的にステータスが高いので素早さもあるときた。

素人の俺が見ても強すぎる事が良くわかるのだ。

「……それで、シロは参加しないのか」

「っ……何故（なぜ）ばれた」

そりゃあもう長い付き合いだからな。シロの気配くらいはわかるさ。

……というのは冗談で、ひっそりと空間魔法スキルのレベル4『空間座標指定（エリアポインティング）』の項目をシロにしていただけである。

シロは神出鬼没で、よく突然膝上や腰にダイブしてくるからな。

隼人邸にいる間は警戒していたのである。

これのおかげで最近は密かに接近するシロに気がつけるようになっていた。

だがまあ、気がつけるだけでシロの突撃を俺が回避できるわけがないのだが。

「とうっ」

シロは俺の背後から飛び込み、空中で一回転すると見事に俺の膝上に座る。

俺もそれを予想して、持っていたカップを机において迎え入れる準備はしておいた。

机にぶつかるなどの失態は決して犯さないのは流石シロである。

隼人達ももう慣れたもので、突然膝上にダイブしたのを見ても普通の反応だった。

「シロも食べていい？」

「はい。召し上がってください。お茶もご用意しますね」

「ん。主と一緒のでいい」

「ああ。それでいいよ」

わざわざカップを取りに行く程でもないしな。

「しかし、シロが来たとなると菓子が足りないか……よし。新作でも出しますか」

「あ、昨日お手伝いした白いお菓子ですか？」

「そうそう。隼人がいなかったから食べるのは後にしたんだよな。味見はしたけど、どうせなら隼人も一緒がいいと思ってさ」

「それは申し訳なかったです……。それで、何を作ったのですか？」

「隼人なら見ればわかるよ。シロも食べるよな？」

「勿論」

だろうな。それじゃあ、小皿を出してっと。

それでは、真ん中にドンと行きますか！

「じゃじゃーん！　ショートケーキです！」

ホールだけどショートケーキです！

小さいからではなく、油脂であるショートニングから来ている説もあるので、ショートケーキです！

それよりも……じゃじゃーんって古いのかな？

……ツッコミがなかったから大丈夫だよね！

「おおおー！　凄いです！　イチゴのショートケーキだ！」

「シンプルな『ストロングベリー』のイチゴショートだけど、やっぱりこの見た目は感動するよなー」

生クリームは簡単に作れるようになったのだが、ふわふわのスポンジは難しく、クリスと相談の上試行錯誤してようやく完成した逸品である。

「そうですね！　うわあ、懐かしい……」

切り分けて皿の上に乗せ、隼人の前に置くと目を輝かせる。

わかる。わかるぞ隼人。

俺も完成した瞬間は思わず感動して懐かしさのあまり少し泣きそうになったからな！

すぐにでも食べたい衝動を抑えて、隼人とこの感動を分かち合おうと思ったのだ！

あまりの出来栄えに、俺パティシエを目指してもいいかもしれないと思ったほどである。

ケーキ作りもだが、デザート作りも楽しいしな。

今喜んでいる隼人やシロの姿を見ると嬉(うれ)しいしな！

相変わらず料理スキルはあがらないけどな！

そして、パティシエになるという考えは、元の世界の知識を使ってデザートを作るとなると多忙になるなとすぐさま却下するに至った。

働かずに生きていきたいという願望から、遠く離れてしまうからな……。

やはり、趣味程度がちょうどいいだろう。

「主、食べていい？」

「まあ待て待て。まずは家主である隼人からだ！」

「僕からでいいんですか!?」

「ああ、俺がハートのエプロンをつけて作ったショートケーキを食べてくれ！」

「一気に食べづらくなりました！　なんでそんな格好で作ったんですか!?」

「いやだって何でも良いからエプロン借してくれって頼んだらそれだったんだもん……」

俺もまさかとは思ったよ？

でも持ってこられた以上、それしかないんだと思ってたんだが……。

「え？　フリードが普通のを持っていると思ったのですが……」

……おいフリード。

いい茶目っ気じゃないか。ええおい？

確かに何でも良いからとは言った。

それにしっかりと着こなしたつもりではあるがどういうつもりだったんだ……。

クリスが笑いを堪（こら）えて大変だったんだぞ？

俺が真剣に悩んでいたらぶふぅって噴き出しちゃって、一度笑い始めたら止まらずに笑いっぱなしだったんだからな。

「で、でも、似合ってましたよ？　だんだんとしっくりきましたし……」

「ハートのエプロンが似合う男って、男としてどうなんだろう……」

若妻風イツキさんを誰が御所望するというのだろうか。

俺は、ノーマルだっ！

「ん。主のエプロン姿見たい」

「自尊心が抉（えぐ）られるからシロは見ちゃ駄目！」

「えー……」

そんな不満そうな顔をしても駄目なものは駄目です！

ちゃんと今度は普通のエプロンも買っておこう……。

「はぁ……じゃあ隼人、早く食べる」

「あ、はいそうですね。ではいただきます」

銀のフォークを素早く回して向きを整え、しっかりと持ってフォークの先で切り分けると、ホイップクリーム、スポンジ、ストロングベリーが全て揃った欠片を一口でパクリと食べた。

「ンーッ！」

すると、口に入れた瞬間に天を見上げて歓喜を体全体で表す隼人。

「美味しいです！　凄く、とても美味しいです！」

「そうかそうか！　いやあよかったよかった」

「主、食べていい？」

「ああいいぞ。待たせてごめんな？」

「ん、だいじょうぶ」

シロはまずフォークで一番上のイチゴを突き刺して一口食べる。

シロはイチゴを最初に食べる派だったか。

ちなみに俺は真ん中くらいのタイミングで食べ、一度味を変える派だ。

クリスも自分の分を嬉しそうに切り分けて食べ始めているし、俺も食べるか。

「あぐあぐ。甘い！　濃い！　美味しい！」

「うん……だな。ホイップクリームの濃厚な甘さと、ストロングベリーの酸っぱさの後の果実のすっきりとした甘さの後味がいいなあ」

「ふふ。とっても美味しいです。まとまると、こんな味なんですね。あ、隼人様ほっぺにクリームがついてますよ」

「えっと、どっちですか?」

「ここですよ」

そう言ってクリスは隼人の頬についたクリームを指ですくうと、それをぱくりと自分で食べた。

その後、俺とシロと隼人の視線を感じて何をしたのかに気がつき隼人と共に顔を真っ赤にしてしまう。

くう、初々しいのう! 若いなー! 青いなー! 春だなー!

青春してますなー!

「むう……やりおる」

シロは対抗意識を燃やしたのかクリームを指でたっぷりとすくうと俺の方に腕を伸ばしてきた。

「あーん?」

「……違う」

やっぱり違うのか。と、思ったら頬の方に逸(そ)れてそのまま向かってきている。

俺はシロの手首を慌てて摑(つか)んで止めるのだが、いかんせん小さなシロのほうが力が強い!

「シ、シロ? お前、それはちがうぞ? 指ですくって俺の頬に塗ろうとするんじゃない!」

「主、観念する!」

「何をだよ！　わかったお前もやりたいならつけるから！　自分でつけるからそんなたくさんはやめなさい！」

「ん。わかった」

そう言ってシロは指についたクリームを自分で舐め取り、俺は渋々自分の口元に小さくクリームをつけた。

全く……食べ物で遊ぶのは良くないというのに。そこの隼人、笑いをこらえるのはやめなさい。

いっそのことこの自分でクリームをつけるという滑稽な行動を笑えばいいじゃないか。

「じゃあほら、シロ早く済ませてくれ……」

ペロ。

……てっきり俺は指で掬いに来るものだと思ってたのだがな。

座り方を変えたあたりからおかしいなとは思ったのだ。

シロならやりかねないなとは冗談気味に考えていたけど、まさか本当にするとは……。

ペロペロ。

いや、ぺろぺろて……。

だが舐める際に目を瞑っているのには可愛らしいポイントをあげよう。

「主ぺろぺろ」

「言葉でだと!?」

擬音ではなく言葉で言う子初めて見た！

女の子がぺろぺろなんてやめなさい！

「あー……シロ？」

「ぺろぺろ？」

「ぺろぺろで答えるなよ。で、いつまで舐めてるんだ……？」

「んー。飽きるまで」

「そうか……」

自分の分を食べ終えたからなのかくすぐったい……。

そして流石は猫人族のシロ。舌がザラザラだ！

「んんん……もういいんじゃないか？　もう取れてるだろ？」

「もう少し」

「そすか……」

とはいえ目の前で首まで真っ赤にした二人がいるので程ほどにね。

「あ、シロ大変だ」

「なに？　欲情した？」

「いや、してないけど」

「……続ける」

残念ながらロリコンじゃないので、この程度では欲情なんてしませんよ？

だから激しくするのをやめなさい！

ざらざらが頬を引っ張ってるから！

「シロ、このままじゃ次のお菓子が出せないぞ」

「あい。やめます」

シュパッと振り返っておとなしく膝の上に座りましたよ。

定位置に戻るまでが速すぎて見えなかったぞ……。

「え、まだあるんですか？」

「あ、もう一つの方ですね？　あれも美味しそうでした」

「主早く。お菓子が逃げる！」

「逃げないよ……」

まあ、もったいぶらずにさっさと出すか。

せっかく生クリームを作ったのだし、これも試さねばならないよな。

下手するとケーキよりも馴染み深いお菓子だからな。

元の世界だとコンビニなどにも売っていて、洋菓子の定番でもあるし。

「ってことで、はい、どうぞ」

取り出したのは、大皿に乗った四つの丸いお菓子。

「これは、シュークリーム！」

「ただのシュークリームじゃないぞ？　こいつは……クッキーシューだ！」

この世界のクッキーは俺が思っているクッキーほどの甘さはなく、少し硬い……。

ならばその食感だけは活かそうと皮に利用したのだ。

さらに今回はホイップクリームだけではなく、カスタードクリームも加わったダブルクリームだ。

しかも二つを混ぜたのではなく、二重の層で作ったクッキーシューなのだ！

カスタードはバニラと同じ香りのするバニルのさやと、この世界の砂糖を更に分解、再構成して作った上質な甘みの白砂糖を使い、それと牛乳と産み立てで新鮮な卵の黄身に小麦粉を使ってクリスが作ってくれたものだ。

ちなみに一番苦労したのはホイップクリームやカスタードを絞る絞り器の袋の部分である。

なにせビニールが無いからな、金型だけなら簡単に作れたのだが押し出して絞るのには苦労した……。

最終的には固めに作ったクリームを入れた極太の注射器のようになったのである。

だが精製されたゴムなど持っていないので、天然の樹液を固めたゴムもどきを使用することになったのだった。

「さあ、食べようか」

「ん。食べる！」

「はい！　いただきますね！」

「私もずっと気になっていたんです。どんな味なんでしょう」

皆がすぐにクッキーシューにかぶりつくのを見て、俺も早速手にとって一口。

「うはあ……」

外側の皮がかりっとして、中のクリームがじゅわっと……。

上層のホイップクリームの軽い口どけと、下層のカスタードクリームの濃厚な甘さ。

バニルの香りが鼻をくすぐり、二つのクリームがずしっと甘さを伝えてくれる。

クッキーのかりっとした食感がまたいいもんで、やはりクッキーシューにしてよかったと思わざるを得なかった。

「これはやばいな……」

「凄いです。とても素人が作った完成度じゃないですって！」

「元の世界じゃ作れないだろう。スキル様様だ……。自画自賛だが、売れるんじゃないか？」

売るとしたらいくらだろうな……。

元の世界なら一個100円～だが、300円くらいするものもあるしな。

しかし、材料費を考えると100ノールで出すのは大赤字だ。

300ノールでも余裕で赤字だな。

そもそも砂糖が高いんだよ。

ザラメですらそれなりにするし、卵の質を落としたとしても一つ500ノールがギリギリだな……。

1000ノールを超えてしまっては、一般市民は手が出しづらくなりそうだし。

「え、販売するんですか!?　絶対大人気間違いなしですよ！」

「いや、仮にだよ。隼人のはクリスがこれから作ってくれるからさ」

「はい！　お任せください！　館の『道具箱』に沢山生クリームとカスタードをいただきましたから、これからいつでも作れますよ！」

『道具箱』とは、隼人の厨房にあった異様な銀色の箱。

まさかこの世界で見るとは思わなかったのだが、銀色の四枚扉の業務用冷蔵庫が鎮座していたのだ。

あまりの衝撃にクリスに説明を求めると、ダンジョンの最深部の宝箱に入っていた魔法の袋（大）の中にあったそうだ。

俺の魔法空間と同様に内部は時間停止、温度設定が可能で見た目よりも多くの食材が入るらしい。

ただ、中身が入っている状態で魔法の袋には入れられないらしく、ダンジョンには持ち込めないそうだ。

とはいえ、傷みやすい物や貴重な食材なんかは無駄にせずに済むし、料理人ならば喉から手が出るほど欲しいものだろう。

そんな訳でその『道具箱』にこれでもかって程に生クリームとカスタードを詰め込んでおいたのだ。

クリスならばこれらを使っていかようにも昇華させてくれることだろう。

まったく、何が自分には返せないだ。

たゆまぬ努力、十分すぎる料理の才能と、それに負けず劣らずな根気。

隼人に美味しいものを食べて欲しいという熱意が彼女の料理を更に美味くするのだからまたいじ

らしい。

　こんな良い子に想われて、隼人は幸せだな。

「あ、隼人様。またほっぺにクリームがついてますよ?」

「あれ?　恥ずかしいですね……」

　そう言ってクリームがついている頬と逆の頬を触る隼人。

　それにクスクスと笑い、先ほど同様に手を伸ばすクリス。

「主もついてる」

「ん、どっちだ?」

「あ……取れちゃった」

　どうやら二択を正解したらしく、俺の人差し指にクリームの感触がしたので取れたようだ。

　残念そうに言うシロだが、取れたならいいじゃない。

「じゃあ、あーんする」

「めげないね君は……」

　小さな口を精一杯開けて『あーん』とするので仕方なく口元に持っていく。

「させませんっ!」

「あ……」

　声が聞こえると同時に腕が伸びてきて人指し指にクリームがついた方の手首を握られ、そのまま後ろへと引かれる。

振り返ると俺の手首を両手で押さえた、涙目のウェンディさんがいた。

「うー……うー……」

「あー……」

えっと、ウェンディさん？

どうして手首を押さえながら涙目で何かを訴えようとしておられるのでしょうか？

「ご主人様、どうして私をお菓子作りに誘ってくださらなかったのですか？」

えっと、いやー、なんというか……。

「昨日作る前に呼びに行ったぞ？　なあクリス」

「あ、はい。……えっと、一応」

「嘘（うそ）です。私がご主人様の呼ぶ声に反応しないはずがありません。気がつかなかったですもん」

凄い自信……。

でもあれはまあ、気がつかないよな……。

あの熱弁っぷりじゃ。

「いやまあ、レンゲと二人で熱く語り合っていたからさ、邪魔しちゃ悪いなあ……と」

「レンゲさんと……？……あっ！」

そう。

本当は昨日ウェンディも誘いに行ったのである。

部屋を訪れ、中から声は聞こえたのだがノックをしても返事が無かったのだ。

だからそのまま少しだけ扉を開けて中を窺(うかが)ったのだが、

『いいですかレンゲさん！　『ご主人様の為(ため)の100の事！』　レッスン12ですよ！』

『はいっす！』

『ではこれまでのおさらいです。まず大前提ですが貴方(あなた)は……？』

『自分はご主人に酷(ひど)い事をしたので、反省の意味を含めてすべてをご主人に捧(ささ)げる所存っす！』

『よろしい。ちゃんと覚えていたのですね。それで貴方の武器はなんですか？』

『ご主人が普段からすれ違うたびにいやらしーい視線を向け、距離が近くなる時やすれ違いざまにさり気なく撫(な)でられるこの太ももっす！』

『っぐ……。そう、そのとおりです。ご主人様がどなたの太ももよりも貴方の太ももを御所望なのですし、貴方は好きにしていいと言った以上、決して拒絶してはいけませんよ！』

『はいっす！　ご主人の身体能力じゃ確実に避ける事もできるっすけど教わったとおり避けてないっす！』

『素晴らしいです！　その調子ですよ！』

『はいっす！』

……。

何をやっているんですかね？

『お、お兄さん……』

『クリス、すまないが聞かなかったことに、もとい見なかったことにしてくれ……』

そうか、避けられるのをあえて触らせてくれていたのか……。

どうりで最近よく触れるようになったと思ったんだよね。

むしろ自分から触れさせてくれることもあったような気もしたのだが、気のせいじゃなかったか。

そうか……ウェンディの仕業、もといおかげだったんだな。

……よし。いいぞウェンディ。

その調子だもっとやれ！

教育？　調教？　どっちなのかもわからないが、俺にとっていい事なのは間違いない！

お菓子作りに時間を割いている場合ではないのだな！　了解した！


と、その後熱弁を振るうウェンディを残して二人で菓子作りを開始したのだった……。

ちなみにだが俺のセクハラをただのセクハラだと思ってもらっては困る。

至高の太ももの健康チェック、状態管理、マッサージを備えたセクハラであり、意味のある行為だという事を大前提に考えていただきたい！

それでもセクハラはセクハラだが。

「うう――……ご主人様の接近に気がつかなかったなんて」

まあ、アレだけ熱弁を振るっていれば気がつかないのもしょうがないと思う。

背景に炎が見えたし、レンゲは気がついていたのかもしれないが、余所見(よそみ)をすればウェンディに叱られそうな雰囲気だったしな。

「申し訳ございません……」

「まあ気にするな。俺の為にしてくれていたんだから謝る必要はないって。それよりそろそろ手を離してくれ……」

もう結構なところまでクリームが垂れてきてるからさ。

指の根元付近まで垂れそうなのだ。

「わ、わ、も、申し訳ございません！」


『はぷっ』


なんて擬音がなるような感じで、慌てていたのか突然俺の指を咥えるウェンディさん。

体内の熱く湿った感覚が人差し指を包み込み、何度見直しても指を咥えたウェンディさんである。

唇で一度擦り取るように引き抜いた後は、咥えただけでは届いていなかった根元の方を小さな舌を這わせてクリームを舐め取っていった。

舌全体を大きく使って大まかに取った後は、丁寧に擦り取る為に小さな舌の更に小さな面積の舌先を押し付けるようにされると背筋がぞくぞくっと興奮を覚えた。

もはや何もついていないのにも構わず、さらに指を咥えたまま舌を這わせ、口の中で舌がたっぷり指を舐めまわしている。

当然指なのだが、どこかいやらしく、そして艶かしい。

「ん……ちゅぅ、っんく……。ちゅ、んっ……」

ウェンディが音を鳴らすたびに、視覚、聴覚、そして触覚を刺激される。

垂れたクリームを舐めるという決して綺麗ではない行為だ。

だが、ずば抜けてエロいのだからそんな事はどうでもいい。

そんな些細な事を考えている余裕など無いほどに、エロい！

この光景を見て何も思わない男にはもはや何も言うまい。

「あー……その。ウェンディさん？」

「ん、っちゅ……。はいご主人様。取れましたよ」

声をかけると最後と言わんばかりについた唾液を全て口内に納めるように口をすぼめて最後は搾り取るように指から口を離すと、笑顔で報告をしてきた……。

当然ながら一同唖然である。

クリスも、隼人についたクリームを取り忘れたままこちらに魅入っていた。

シロはというとガーンと口を開けたまま停止している。

だがそんな事は一切気にせずにウェンディは持っていたハンカチで指を拭きなおし、ニコリと微笑んだ。

ハンカチを持っていたならそれで拭えばよかったのではとか言ってはいけない。

「えっと……ありがとう？」

「いえいえ。とても美味しかったです」

……それはクリームが、だよな。

唇を舐める舌がちろっとしていて、官能的で扇情的だった。

「あ、あああ、あんたねえ！　こんなところでなにやらせてんのよ！」

なにやら慌てたような声のしたほうを見ると顔が真っ赤になっているレティと、少しだけ頬を染めているエミリーがいた。

「いや見てたろ……。俺がやらせているように見えたのか？」

「そんなのどっちでもいいのよ！　場所をわきまえなさいよね！」

その通りだとは思う。

俺が元の世界の街でこんな光景を見たら真っ直ぐゲームセンターに行きパンチングマシーンとキックマシーンに３００円ずつ投入するだろう。

それくらいの行為であったと俺自身に自覚はあるが、あの行為を途中で止める事など俺には……できないっ！

「あら隼人にもついてるじゃない。えっと、私も流石にあんなことはできないけど、取ってあげるわね」

「え、あ、エミリー？」

「あああー！」

エミリーはさり気なく隼人の頬についたクリームに手を伸ばし、呆けていた隼人が慌てる前に擦り取ってそれをぱくりと食べた。

それを見てレティが叫ぶが、エミリーは気にした様子がない。

「クリスごめんなさいね。横取りしちゃって」

ぺろっとまだついていたクリームを舐め取り、拭き取ろうとした体勢のまま停止していたクリスに一声かけるとはっと今気がついたかのようにビクンと反応をした。

「い、いえ。私はもう先ほど済ませましたので……」

「ええ!?　ク、クリスが!?　い、いつの間にそんなに積極的に……」

レティはクリスがそんなに積極的な行動をするとは思わなかったのか、衝撃を受けていた。

よろよろと二歩、三歩と下がった後、顔を伏せる。

「……なさい」

「レティ？　どうしたの？」

「もう一回つけなさい！　私が取るから！　私が直接舐め取るから！」

「ええ!?　じ、自分でなんて嫌だよ！」

それをさっき俺はやりましたけどもね。

「いいからするの！」

はっはっは。

隼人よ。先ほどのシロと同じパターンだな！

今度は俺がその光景を見てやろう！

「主」

「ん？　どうしたシロ」

「もう一回指につける」

「いや、対抗意識を持たなくていいから……」

「むう……エロスの権化には勝てない……というのか……」

「ふふふ。シロ？　こういうのは大人の特権なんです。世の中、弱肉強食ですよ？」

「腹肉増殖？　ぶっひぶひ」

先に煽ったのはウェンディだが、シロもシロで煽り返す。

そしておそらく口ではシロの方が圧倒的に強いらしく、ウェンディは頬を膨らませ目には涙を浮かべている。

というか、ウェンディは口では勝ち目がない。

勝ち目がないのにシロに勝とうとして、涙目になる。

「わ、私太ってないですもん！　ね？　ね？　太ってないですよね!?」

「ああ。太ってないからそんなに怒るなって……」

「だって、だってシロが！」

「ぶっひぶひ。ぶひひ？」

「ほらまた言った！　もう知りません！　もう絶対シロにはご飯を作ってあげませんからね！」

「ぶっひぶひ！」

「効かない!?　この前は効いたのに……いいんですか？　いいんですね!?」

シロは効いていないわけではないようだ。

額に汗を浮かべ、さり気なく顔の筋肉がこわばっている。

とはいえ引けないらしく、鼻に手を当てて豚の真似を継続中だ。

どうやら今日は随分とお冠のようである。

「ウェンディのお腹はつまめるお腹。霜降り」

「つまめないです！　霜降りじゃないです！」

そうだな。つまめはしないな。

大体、ウェンディは太っていないのだから気にする必要ないのにな……。

シロも似たようなことをさっきしたのだから、大目に見てもいいものだと思うのだがな……。

「はあ……クリス。お茶のおかわりをもらえるか？」

「レティさん落ち着いて——え？　あ、はい。わかりました……じゃなくて、そちらの喧嘩をお止めにならないのですか!?」

「そうだなあ……。まあ、本気の喧嘩じゃないだろうし、時間が解決してくれるだろう」

よくある喧嘩ではあるしな……。

ああ……騒がしいが、紅茶とクッキーシューは美味いなあ。

「随分楽しそうねえ」

皆がギャーギャーと騒いでいるので集中力が乱れたのか、それとも休憩なのか汗をかいた四人が加わる。

「お疲れさん。はいタオル」

「ありがとう主様。主様は……この中で一人優雅にお茶を楽しんでるのね……」

んん？

隼人達はレティが騒いでいてそれをなだめるクリスとエミリー。

シロ達も一旦は落ち着いたようだが、クッキーシューを食べるウェンディをじっとシロが見つめ、ウェンディは無視しようとしているが、シロのお腹がぽこっと出るような腕の動きが気になり一触即発のままだった。

「……みたいだな。そういえばソルテ朝飯抜いてたろ？　サンドイッチあるけど食べるか？」

「あ、ありがとう……」

「それとレンゲ。お腹見せてみろ。さっきアイナの剣があたってたろ？」

「そうっすけど……」

「アイナは多めに水分補給な。さっき一度ふらっとしてたろ？　塩分と糖分も取って、エネルギー摂取しておいた方がいいと思うぞ」

「あ、ああ……ありがとう」

「ミィは……うん。大丈夫そうだな」

「はいなのです！　朝ごはんもちゃんと食べたのです！」

「偉い偉い。朝ご飯は一日の根幹。しっかり食べる事が大切だからな！　でも水分補給はしときな」

「はいなのです！」

うんうん。

ミィはやはり素直でいい子だな。

頭を撫でてやるとひゃーと嬉しそうに声を上げるし。

体重が心配だからと朝ごはんを抜く女性は、ミィを見習うべきである。

「主様、ちゃんと見てたのね……」

「当たり前だろ？　ほら、レンゲちょっとこっち来い」

俺は椅子から立ち上がり、魔法空間からタオルと回復ポーションを取り出す。

そして、タオルに回復ポーションを沁みこませていきレンゲの赤くなった部分の状態を見る。

「そ、そうだったのか……」

「てっきり、いちゃついてて見てないのかと思ったたっす……」

「ちゃんと見てるっての……」

レンゲのお腹の赤くなったところにタオルを当てていくと、クネッと腰が避けるように動いた。

「あははは、ご主人くすぐったいっす！」

「動くなって。ほら、痕が残ったら嫌だろう」

「あはは ひひ。でも、くすぐったいっす」

「いやだから動くなっての……えい」

「どさくさに紛れて太ももを摑まれたっす！」

「どさくさ？　違うね。狙ってだよ」

「開き直れば何でも許されるわけじゃないっすよ!?」

目の前でくすぐったがってくねくねと誘うような腰を見れば誰だって手を回すと思う。

そして回した先に太ももがあるのなら、当然摑むだろう。

俺、悪くない証明完了。

「しゅ、主君、実は私も……」

「私も……ちょっとだけだけど……」

「ん、ああわかった。ちょっと待っててな」

そういえばソルテも少しだけ切られていたな。

アイナは覚えている限りでは大丈夫だと思ったのだが、レンゲの打撃ならば鎧の上から通るのかもしれないし見ておくか。

「はい、レンゲ終わり。まだ暫く当てときなよ」

「はいっす！　ありがとうっす！」

レンゲは基本的に軽装だしな、肌も露出しているし怪我をする事も多いのだろう。

次は、ソルテか。

ああ、確かに頰を少し切っているようだな。

この傷の具合なら……ちょっとアレ試してみるか。

「ソルテ、ちょっと沁みるけど」

「ん、大丈ッぶ！　痛い痛い！」

「いやだから沁みるって言ったろ」

今回はポーションに粘度を加えた軟膏タイプの回復薬だ。

飲んでも塗っても使えるならば、塗る用は粘度があった方がいいと思い製作してみたのだ。

見たことはあったが作っていなかったのでどうせならといった具合である。

「ほら、女の子なんだから顔に傷が残るのはいやだろう」

「そ、そうだけど冒険者だから傷くらいは仕方ないわよ」

「それでもせっかく綺麗な顔なんだから、大事にしておけよ……」

顔を押さえつつ、ぐしぐしと親指で軟膏を伸ばして顔の傷に塗っていく時に気づいたんだが、近くで見るとよりソルテの顔が整っているのが良くわかる。

色々な部分に幼さはあるもののかなりの美人なのだから、顔に傷なんてつけたら勿体無いだろう。

美貌も持って生まれた才能の一つとはいえ、放置せずにできる事はしておくべきだと思う。

「はい、終わり……って大丈夫か？」

「き、綺麗って……」

「なんだよ。照れてるのか？　よし。ソルテ綺麗だよ。可愛いよ」

「ぽひゅう」

こんなおざなりな褒め言葉で顔が真っ赤になり、頭からぼふっと蒸気が出るようなまるで漫画のような状態になるとは……。

　これは面白い、追加攻撃だ。

「ソルテマジ可愛い。切れ長の目とか、小さな唇も可愛いよ。犬耳もキュート、尻尾の毛並みも綺麗だ。お尻も小さくて形が良いよな。小さな胸を気にしているみたいだけど、ちっぱいだってむしろ可愛い。凄く可愛い」

　矢継ぎ早に思いついた詰め込めるだけの褒め言葉を詰め込み、その上で頭を撫で、腰に手を回す。

　そうすると頭から発生している蒸気がどんどん増し、顔も見た事が無いほどに紅くなっていった。

「はふう！」

「危ないっす！」

　その声と共にソルテは後ろに倒れ、レンゲが慌てて支えていた。

　ソルテはだらしなく口が開き、顔を真っ赤にしたまま目を回している。

「ちょっとご主人！　ソルテたんは耐性0なんすからダメっすよ！」

「知ってた」

「性質（たち）が悪いっす！　あ、でも今度自分にはして欲しいっす」

　素直でよろしいこった。

　してくれというのであればしようじゃないか！

　ベッドの上で寝る間際までずっと言い続けてくれるわ！

「あ、あの主君？」

「ああ、アイナの事も忘れたわけじゃないよ」

勿論当然覚えている。

というかアイナは鎧の部分が多いから、脱ぐのに時間がかかると思っていたから後にしたのだが、まだ脱いでいなかったか。

「それで、どこを怪我してるんだ？」

「ああ、鎧の内側なんだが……」

アイナが肩口から鎧を外し、腰から上の鎧を外していく。

すると、汗のにおいとは別の女性らしい香りをさらに濃くしたような匂いがふわっと俺を襲う。

媚薬(びやく)かと思うような甘美な香りに、一時思考がくらりと停止するも何とか持ち直す。

「その、汗臭いかもしれないから……」

「気にするな。むしろ、ありがとうございます！」

「え、え？」

はぁ……。

汗の染みたインナーに顔を押し付けたい。

二人きりならばまず押し付けている。

だが今は！　血涙を抑えて！　手当てに勤(いそ)しむとしよう！

アイナがインナーをぺらりとめくると、下腹部の辺りに擦り傷のようなものが見える。

どうやらレンゲの打撃で、というわけではなく擦れたようだ。

これも軟膏タイプの方がいいと思い、少量を指で取ると傷口にそって塗り広げていく。

「沁みるぞー」

「ん、っく……あぁ……」

アイナは痛みに耐えているだけのはずなのだが、何故だろういけない事をしている気持ちになってしまうのは。

赤くなった部分に指を這わせるたびに、小さな声で「んっ……」や、「あっ」と聞こえるのだ。

先ほどの香りで一撃を受けている身としては、なかなか応えるものがある……。

主に性的な意味で。

「よ、よし。終わりだ」

なんとか鋼の精神で耐えて椅子に深くもたれかかる。

「ああ、ありがとう主君」

さらばチラリと見えた小さくて可愛らしいおへそ。素晴らしかったぞ……。

アイナがインナーを下ろしてまた鎧を付け直していく。

どうやらこの後もまだ鍛錬をするらしい。

流石、気合が入っているな。

「あ、あの主様。ありがとう……」

ソルテが復活したらしい。

ただ、まだ顔が少し紅い。

「まあ、これくらいのサポートしか出来ないしな」

訓練に付き合えるわけもなく、出来るとしても『不可視の牢獄（インビジブルジェイル）』をサンドバッグの代わりにするしかないだろう。

せっかく三人が頑張っているのだから、タオルや飲み物、怪我のケアぐらいはすべきだろう。

「それで、どうしてこうなってるの？」

こう、とは今なお騒いでいる他の面々の事だよな。

水面下ではあるが、シロとウェンディもまだ仲直りは済んでいないようで、お互い口を尖（とが）らせたままだった。

アイナ達四人が俺の用意したスポドリ風ドリンクを飲みながら今の状況について気になっているようなので掻（か）い摘（つま）んで説明をする。

「お菓子！　ご主人の新作っすか!?　自分も食べたいっす！」

「ああ。皆の分もちゃんと取ってあるから、後でな」

「楽しみだな。しかし、主君の奴隷となってから甘味を摂取する機会が増えたな……。嬉しいことなのだが、心配だ……」

「そうね……あんまり美味しいから止まらないのよね……」

アイナやソルテはその言葉とともにお腹を触り、スカートから伸びる自身の太ももをつかみ出した。

察するに、太るのを心配しているといったところか。

「まあ、三人はこうして食べた分は汗を流しているんだし、大丈夫だろう」

さっきアイナのお腹は直で見たばかりだが、全く問題はなかった。

アレで太っているとか、世の中の女性の殆どを敵に回してしまうぞ。

それに、量で言えば間違いなくシロが一番食べている。

一日の摂取カロリーは少なくとも一万キロカロリーを超えている。

だが、シロは太らないのだ。

毎日膝の上に乗せている俺が保証するが、間違いなく太っていないのである。

「……ご主人様？　『三人は』って、『三人は』ってどういう意味ですか!?　やっぱり私は太っ……」

「違う違う。自分の心配をしているだけだよ。最近少し気になってはいたんだよ……」

こっちの食材は美味しいからな……。ついつい食べ過ぎてしまうのだ。

仕事も体を動かさないし、この年になると一度ついたら体重が落ち難いというのにそろそろお腹に肉がつきそうで怖いというだけなのだが、タイミングが悪かったな……。

シロがニヤニヤしているし。

「はあ……もういい加減仲直りしなさいな」

「だって、だってシロがぁ……」

「ほら。いつも通り抱き心地のいいウェンディだよ」

もはや半泣きのようなウェンディをぎゅっと抱きしめる。

やはり全然太ってなどおらず、抱き心地は柔らかくて腰もきゅっとしていて細い。

おっぱいは俺の胸の下で潰れて柔らか気持ちよい最高の抱き心地である。

「ううう……」

「主、ウェンディだけずるい……」

「そうだな。でも、相手の嫌がることを言ったんだから、ちゃんとウェンディに謝ったらな」

「……言い過ぎた。ごめんなさい」

「うう……」

「ウェンディ？」

「うー……」

あら、まだ怒り心頭か。よしよし。

「ほら、許してやってくれ。ちょっとヤキモチを妬いただけだろうさ。ウェンディも、少し大人げなかっただろう？」

「うう――……そうですね。ごめんなさいシロ。でも、もう少しだけ……」

「ああ。シロ、我慢できるよな？」

「ん、我慢して待ってる」

ここで流石に嫌だとは言わないよな。

まあこっちはこれでどうにか凌いだから、隼人も頑張ってくれ。

「あー……それじゃあ私達も戻るわね」

「そうだな……。鍛錬に集中しようか……」

「っすね。がんばるっす」

「ミ、ミィはちょっとあっちに混ざってくるのです！　出遅れた気がするのです！」

「はいはい。頑張ってね」

「はいなのです！っとう！」

ミィが隼人の方の騒ぎに乱入し、更にごちゃごちゃになるのだが、見ている分には楽しいもんだな。

「シロ。はい、どうぞ」

「ん。ありがとうウェンディ」

ウェンディが俺の胸元から離れると、シロが俺に抱きついてくるので抱きしめてあげる。

んーっと喉を鳴らしつつ、鼻で大きく息をするシロ。

ウェンディと視線を合わせたら、普段どおり優しい微笑をみせてくれた。

「三人になっちゃったわね。そうだシロ。ちょっと付き合ってよ」

「ダメ。シロ今は忙しい」

「……ご主人に抱きついてるだけじゃないっすか」

「その通り。主を抱きしめて、抱きしめられている。これに勝るものはない」

「そうですね……。うん。そうですね！」

「はあ……まあいいわ。それじゃあ暇になったら付き合ってね」

「……わかった。ウェンディ交代する」

「ありがとうございます」

あれ？　これループするんだ。

一回ずつで終わりだと思ったらループするんだ。

「……早速暇になってるじゃない」

「暇じゃない。ウェンディは二回目。シロも二回目を待つ」

「……あっそう。うんじゃあ、あっちで訓練しながら待つわよ……」

そんなやり取りを残し、三人はまた少し離れたところで鍛錬を再開した。

そして俺の優雅な昼下がりは、この後も引き続き二人を交互に抱きしめていくという終わりを迎えたのだった。

最終的に解放されたのは、隼人達の収拾がついた後である。

ちなみに、一人一回ずつ頬についたクリームを各々好きな方法で取るという結果で落ち着いたようだが、隼人は終始顔が真っ赤であった。

第一章　三人寄らばお風呂タイム

〈I wish〉

アイナ達が訓練を開始し始めた日に部屋割りを変えることとなり、今の俺は一人部屋となっている。

鍛錬は早朝からする場合もあるので、俺を起こさないためにとアイナが配慮してくれて、今は紅い戦線で一部屋となったのだ。

その時、ウェンディとシロのどちらが俺と同じ部屋になるのか争ったのだが、公平にするために俺が一人部屋になった。

それに三人で寝るとなると一つのベッドになるだろう。

この部屋のベッドはキングサイズではないし、わざわざ用意してもらうのも悪いので一人でとなったのだ。

少し寂しさはあるが、久々にゆっくりするのも悪くない。

日中は誰かとほぼいるので、一人になる時間も必要だしな。

とはいえ、朝になったらウェンディかシロが忍び込んで一緒に寝ていることもあるのだが、今日は来なかったようだ。

カーテンのかかった窓の隙間から外を見ると、まだまだ朝は遠いらしい。

欠伸を一つしながら水差しからコップに水を注ぎ、ベランダに出てみる。

この世界の夜空は美しい。

瞬く星々が鮮明に光り輝いており、空を見上げるだけで立派な夜景を見ることが出来る。

車の走る音も聞こえない静寂。

だから俺はたまに目が覚めるとこうして夜空を見上げることを好んでいた。

今日もある程度星を眺めたらまたゆっくり眠ろうと思っていたのだが、ベランダの外、中庭の方で何か黒い影が動いたように見えた。

「あれは……」

「おはようございます。ご主人様」

「ウェンディ？」

隣のベランダから声をかけられ振り向くとそこにはウェンディがいた。

ネグリジェのような薄いピンク色の生地の寝間着が妙に色っぽく、寝るために髪を結んでいるので普段とはまた違う印象を受ける。

「あれはシロですよ」

そう言われてみればシロに見えなくもない。

だんだんと暗闇に目が慣れて来たので見ると、髪が白く格好やナイフからシロだということがわかってきた。

「シロは……何をしているんだ？」

「おそらくですが……日課の鍛錬だと思います」

「こんな夜遅くにか？」

それに日課って、毎日続けているのだろうか？

「シロは、ご主人様との時間を大切にしていますから。日中はご主人様といたいので、鍛錬に割く時間は夜になってしまうんです」

なるほどな……。

どうりでシロはあんなに強いのに、鍛錬をする姿を見た覚えがないわけだ……。

「あれ……あんな服持ってたか？」

「さあ……？　私の記憶にはありませんが……」

今シロが着ている服は真っ黒な黒装束だ。

黒く長い布のようなものが背中から揺れており、シロが走れば髪色の白い線の後を、黒い線が追走しているように見えるのだ。

いや……アレは何かを羽織っているのか？

普段着であるあの服も中に着ているように見える。

シロはさっきから動きっぱなしである。

「しかし、激しいな……」

音も立てずに走り回り、時折立ち止まっては目にも留まらぬ速さでナイフを繰り出して、仮想敵と戦っているのかバックステップや後方宙返り、高く飛んで前方宙返りをするなど、見ているだけでもその鍛錬の濃密さに感嘆の息を漏らすばかりであった。

「凄(すご)いな……」

アイナやソルテ達の鍛錬とは異質と言わざるを得ない。

俺が頭の中にある鍛錬は紅い戦線(レッドライン)の三人が行っているように、模擬的な試合や、体を鍛えるというものだ。

それが悪いとは言わないのだが、シロのそれはなんて言えばいいのか、濃度が違うような感じだ。

シロが戦う仮想敵は存在し、シロの攻撃は素振りではなく肉を裂き、敵の攻撃は全力で避ける。

完成された演舞で錯覚が見えるかの如(ごと)くなのだ。

強くなる為(ため)というより、目の前の敵を確実に倒すような動きだった。

そして、一体を倒せばすぐに次の敵がやってくるので、動きっぱなしなのである。

止まる気配もなく、敵が悠長に待ってくれるわけも無いので油断など出来ない。

そんな印象を受けるような濃い、鍛錬ではなく実戦のような印象を受けたのだった。

「……なんだろう。生きるのに必死なような感じがするな……」

「……シロは、ご主人様のものになる前からずっとこうでしたよ」

「俺のものって、ヤーシスのところにいた時からか？」

「はい。ヤーシス様の館に来たときはボロボロで、体が治ったら近づく者は皆警戒し、触れれば傷をつけるぞというような存在でした」

「シロが？　嘘(うそ)だろう？」

今あんなにもまったりゆったりとしていて、俺の膝上をこよなく愛するようなあのシロが荒れてたって……想像もつかないんだが。

「というか、シロはどうして奴隷になったんだ？」

「ヤーシス様が北へお出かけになられた際に魔物の死骸の横で倒れている所を拾ったそうです。魔石が魔物の身体を修復する前に助けて、治療を施した後にその治療代の代わりに奴隷になったと聞いています」

「親は……」

「いないそうです。ただ、姉のような方が一人いて今より小さい時に生きる術を教わったと言っていましたが……」

「……そこから、一人で生きてきたのか」

「多分、そうだと思います。誰も信じず、誰も頼らず、自分の身を守れるのは自分だけだと、態度で表すように館から外に抜け出ていましたから」

「それで良く帰ってきてたな……」

「あの家に帰ればご飯が食べられる。そんな認識だったみたいですよ」

奴隷としての自覚はなく、飯を食う場所って思ってたのか。

「そんな状態でウェンディとはどうして話すようになったんだ？」

「私がご飯を作って差し上げていましたから。そこから少しずつ態度が柔らかくなり、お話をしていただけるようになりました」

あー……なるほど。

シロの事だから助けてくれたヤーシスに多少の気は許しつつも底の知れなさに警戒し、ご飯をくれるウェンディの方にある程度の心は許し始めたって所か。

今じゃ仲良く喧嘩する毎日だけど。

「ヤーシス様はシロの境遇を考えて、親のようになってくれる買い手を探していたみたいなのですが……シロは毎日抜け出していたので大変だったみたいですよ。でも、ヤーシス様は笑って許していましたね」

「なるほどな……もしかして、俺に出会ったのってシロが抜け出してた時なのか？」

「その通りです。戦える奴隷を所望の信頼のおけるお客様が来ていらしたので、一応シロが気に入るかもしれないと探していたところだったそうです。結局お眼鏡にはかなわなかったそうですが……どうやらヤーシス様もわかっていたみたいでした」

だからヤーシスはあの時、慌てていたんだな……。

というか、シロは相手を選べたのか……。

怪我しているところをなし崩し的に奴隷にしたのであれば、たとえあのヤーシスとはいえ良心が痛んだというところなのだろう……か？

「……シロとご主人様がお食事をしていた時に私が連れ戻しに来たのを覚えていますか？」

「え、ああ俺がハムサンドを食べてた時か」

あの時はアイナ達との水の掛け合いで風邪気味だったのだが、シロに食べかけを一口与えてしまって心配していたんだよな。

「実はあの時、シロはもうご主人様に買われると決めていたそうですよ」

「……そういえば最初に出会った時も、店に絶対来てくれって言ってたな」

「そうなんですね。では、その時からだったのかもしれませんね。ヤーシス様もシロがご主人様に買われると決めたのに納得して、ご主人様が買われるまで自由にしていて良いと言っていたんですよ」

ええええ……。

結果的には俺が買った訳だけど、もし俺が奴隷を買わないと決めていたらどうする気だったのだろう。

……なんとなくだが、色々な力が働いて結局買う未来が見える。

ヤーシス……恐ろしい男。

「……私も、その時にヤーシス様にご主人様はどうかと聞かれたんですよ。思えばその時から意識し始めていたのかもしれません」

なんと……。

ウェンディが俺を意識してくれていたのもヤーシスのおかげだったのか。

そういえば突然街の案内をしてくれるよう差し向けてくれていたもんな。

まさか、あの時からヤーシスは俺にウェンディを買わせようと画策していたのだろうか。

……おいおい、ますますあいつに頭が上がらないじゃないか。

帰ったら気合を入れてバイブレータを作り、魔力はサービスだ……と言ってやろう。

「ふふ。シロは一目でご主人様が特別だと気づいたようですよ。……そこだけは、悔しいですけど私よりも良い目をしていたのだなと……」

「ん。ウェンディ話しすぎ」

「シロ!?」

いつの間に手すりの上に座ってたんだ!?

ここ二階だぞ!? 音もなく現れた上に、あの黒い装束ではなく普段どおりの服となっていた。

「ふふ。ごめんなさい。でも、ご主人様に聞かれたら、お答えしないといけませんよね?」

「むう。主とのピロートークで話して主をきゅんきゅんさせる予定だったのに……」

そんな計画がっ……。

っと、それも気になるがもっと気になることがあったのでそちらを優先することにする。

「なあシロ。なんでそんなに早く決めてたんだ? あの頃の俺って、まだこの世界にも来たばかりだし、特に気になるところなんてなかったと思うんだが……」

「……うぅん。一目見て、主は特別だったの。温かくて、ぽわわってしてて、優しい太陽がそこにあるみたいだった。主に貰った牛串サンドが、今まで食べた何よりも美味しかったの。一目見て、シロはこの人と一緒に行くんだって思ったから……」

少し照れたようにもじもじしながら言うシロのなんといじらしいことか……。

恥ずかしがってマフラーで口元を隠し、落ち着きなく耳と尻尾が動いているのを見て抱きしめないわけがないだろう。

「んんんー……愛いやつめ！　きゅんきゅん来たぞ！」

「あ、主。嬉しいけど、今汗かいてる……」

「構わん構わん。抱きつかせろー！」

はぁぁぁ可愛い！　うちのシロ本当に可愛い！

夜中だけど、可愛いと叫んで走り回りたくなるほどに可愛い！

うりゃうりゃ。頬ずりしてやる。

「んん……伸びたおひげがしょりしょりするう……」

「あーっと、朝剃ればいいやと思ってたんだった。すまん」

「ん。別にいい。面白い。それより、主の服濡れちゃったよ」

シロがかいていた汗で俺の服までべったりとしてしまっているが、そんなものは着替えればいいのだ。

とはいえシロが言っているのは、中にまで染み込んでいる事だろう。

「後でお風呂に入るからいいよ。一緒に入るか？」

「ん。入る」

「え!?　駄目って言ってたじゃないですか？」

「んんーまあ、今回は特別って事で。夜遅いし準備も自分達だしな」

確かに流石に友人の家でいつもどおりお風呂は一緒に、なんてのはまずいと思ったからそういう事は禁止としていたけど、今この時間で別々に入ると時間もかかるしさ。

隼人（ハヤト）達も寝ているだろうし、今回は特別って事で……。

「そ、それでしたら私も入ります！　ね、寝汗をかいてしまったので！」

「……だってさ。いいか？」

「ん。ウェンディも一緒でいい。……お昼は、ごめんね」

「こちらこそごめんなさい……。シロの気持ちをもっと考えるべきでした。一緒に幸せに……ですもんね」

「ん」

やはり、二人は仲良しなのが一番だ。

こうしているときが、一番幸せを――。

「あ、主。ウェンディの秘密も話す。夜寝る前によく隠しているお菓……」

「シロ!?　それは聞かれていませんよ!?　というか、舌の根も乾かぬうちに裏切るのですか!?」

おか……？　ああ、お菓子か。寝る前に食べてたのかな？

「平等が大事。シロの秘密をばらされたのだから、ウェンディの秘密もばらす。これで平等」

「悪いとは思っていますけど、秘密の質が違います！　知られてもきゅんきゅんしていただける内容じゃないじゃないですか！」

まあ、喧嘩するほどなんとやらだ。

二人とも笑っているし、こんなもんだよな。

こんなもんってやつが、幸せなんだろうさ。

「ほら、二人とも風呂行くぞー」

「ご主人様！　違いますからね？　そんなには食べてませんから！　ちゃんと食べた後は歯磨きもしていますから！」

はーいはい。わかってるから大丈夫。

「ん。主お風呂行こー。シロ胸少し成長した気がするの。見て見て？」

……いや、さっき抱きしめた時の感触的にきっと気のせいだと思うぞ？


はあ……風呂はいいなあ。

人類が生み出した英知だよな……。

多くの動物がいる中、水を温めて浴びるのは人くらいだろう。

「泡泡ー」

「こらシロ。動いたら泡が飛ぶでしょう」

隼人の家の風呂は湯船が小さく、一緒には入れないので今は俺が湯に浸かって二人は洗い場で泡だらけになりながら体を洗っている。

俺の視線から見えるのはしゃがんだウェンディの丸いお尻とその背を撫でる白い泡、シロは腕を伸ばして泡を乗せて遊んでいるようだ。

ちなみに今使っている石鹸はお気に入りの『泡がめッちゃたつ石鹸』と、『泡がめッちゃたつ石鹸髪用』だ。

流石王都、髪用まで売っているとは……箱買いしましたよ。

「ん。……ウェンディおっぱいが背中に当たってる」

「え？　あ、気が付きませんでした。って、動かないでください、こすれて……」

「乳洗い……シロではできない……」

ほう。いいないいな。俺も是非胸で洗ってもらいたいものだ。

「むう……これはずるい……。シロも早く大きくなりたい……」

「シロはいっぱいご飯を食べますから。きっと大きくなりますよ」

そう言って慰めるウェンディだが、俺は知っている。

最近更にそのおっぱいが１ｃｍ大きくなったことを……。

ちなみにウェストの方も少しだけ、ほんの少しだけふくよかになったことも……。

とはいえその程度でウェンディの魅力が変わるわけもない。

むしろむっちりとして肉感が増された事により、より一層魅力的になったと思う。

こうして後ろ姿を見ているだけで……って、危ない危ない。

シロもいる前でいきり立ってはいけないぞ。我が愚息。

「主、見て見てー」

「んー？」

シロに目を向けると髪も体も泡まみれでもはや体など見えない状態になっていた。

「羊人族。めぇぇぇぇ」

「おー……」

あれか。泡を毛皮に見立てて真似(まね)しているんだな。

うん可愛い可愛い。

「反応が薄い……」

「いや俺羊人族見たことないしな……」

物真似の元ネタがわからないのだからクオリティが高いのかどうかもわからないんだよ。

でも、可愛いとは思うぞ？

「むうう……」

「ご、ご主人様……」

「んー？　なん……」

「め、めぇぇぇ……」

「だと……」

ウェンディも羊人族の真似をしたらしいのだが、いかんせん泡の多くはシロに取られてしまっているので泡が足りない。

そのためおへそや腕、太ももから下などは丸見えなのだが、おっぱいと大事な部分はギリギリ泡で隠れているといった状態になっていた。

髪には丸い泡が乗っていて、そこからウェンディの綺麗(きれい)な髪が流れているので羊人族の真似なのだろう。

「こ、これは……」

「ううう、なぜでしょう。裸より恥ずかしいです……」

「いや、素晴らしいな……」

とはいえこれはよろしいけどよろしくない！

出来れば二人きりのときにお願いしたくなってしまう！

二人のときであれば、そのついている泡と言う名の毛を素手で刈り取るというのに！

だが、これでボキャブラリーが増えたぞー！

「ここでもおっぱいが勝る……小さいと勝ち目はないのか……」

「そ、そんなことないぞ？　シロも凄く可愛かったぞ？」

「むう。……仕方ない。次の手を考える……」

と言うと、湯船の縁に手をかけて足を開いて乗り越えてくる。

「入るのか？　俺出ようか？」

「ううん。主と一緒に入る」

シロは泡がついたまま湯船に入り、泡風呂が出来上がる。

そして、力を抜いて俺に体を預けてきた。

「あふー……」

「あの、私は……」

「ウェンディは入れない……先手必勝」

「ええ!?　こ、このままは恥ずかしいんですけど……」

「……流石に可哀想だろう……。仕方ない、シロ。即席で湯船を作るから一回出てくれ」

「ん？」

『不可視の牢獄』を複数発動して床と囲いを作り、即席の湯船を作ることに。

やっぱり便利だな……大きさは三人が余裕で入れて足を伸ばせるくらいでいいか。

お湯は元のお湯を『吸入』で抜き、『排出』で移してまたお湯を張って、溜まったそばから不可視の牢獄風呂へと移していった。

「よし……こんなところかな？」

「わあ……外から見ると、お湯が浮いているようですね」

「だな。……」

……下から眺めたくなるのは、男の性というものだろう。

きっと俺がそういう事ばかり考えているからじゃなく、誰だってそう思うはずだ。

「ん。主は真ん中」

「そうですね。ご主人様は真ん中です」

「せっかく広く作ったのにくっつくのな……まあ、いいけどさ」

広めに作ったのだがぴったりとくっつかれ、二人に腕を取られてしまう。

シロとウェンディには泡がついたまま入ってもらい、泡まみれの風呂が出来上がった。

「ん……少し熱い……」

「だな。ウェンディ、頼めるか？」

「はい。でも、風邪を引かないように少しだけですよ」

「ん。ありがと」

シロは熱いお湯は苦手だからな。

俺も長く入るときはぬるめくらいがちょうどいいので、今くらいがベストだろう。

「はぁぁ……気持ちいいな……」

「ん。泡泡も楽しい」

うちの風呂だと檜だからこういうことは出来ないしな……。

なんというか、女の子っぽい風呂だが、男女比率が上なので甘んじよう。

それに、泡を腕に乗せて遊んでいる姿など、年相応で可愛らしい限りである。

とはいえ、湯量が増えたから泡が少なくなっていたので、もう少し泡を出してやると、嬉しそうに泡で遊んでいる。

「なんか……いいなこういうの」

「そうですね……」

「ん？　はっ……夫婦感が出てる……シロは二人の子供じゃない！」

そう言うとシロはマイポジションというように俺の膝に乗り、背中を俺に預けて寄りかかってくる。

「あ、ちょっとずるいですよ？」

「ここはシロのポジション。誰にも譲らない」

「まあいいじゃないか。ほら、あんまり動くなよ？」

「ん」

片腕はウェンディが抱きついているのだが、もう片方の腕でシロの体を抱きしめるようにすると、シロがその腕に抱きついてくる。

「あ、そういえばシロは武術大会出なくていいのか？」

「ん？　んー興味ない」

「そうなのか？　強敵と戦いたいんだと思ってたんだけど……」

シロは戦闘が得意なのだし、普段アイナ達が素材収集やクエストに行くのを羨ましがっていたりするので、やはり強い人とは戦って見たいものだと思っていたんだけどな。

「んんー……そういう気持ちがないわけじゃない」

「なら、出たかったら出てもいいんだぞ？」

「そうですよ。もし優勝したら、ご主人様はいっぱい褒めてくれると思いますよ？」

「褒めては欲しい……。でも、シロの技は見世物じゃない。生きる為に覚えた物だから」

それに、とシロは続ける。

「シロの幸せはここにあるの。だから、余計な事はしないの」

ぐいっと体を持ち上げて座りなおし、俺にもっと密着して俺の手を取り頰に当てるシロ。

そんな様子を見て俺とウェンディは視線を合わせ、優しく微笑(ほほえ)みあって「そっか……」と呟(つぶや)き、それ以上は何も言わずに三人のお風呂を満喫したのだった。

お風呂上がりは二度寝……というわけなのだが。

「……狭くない？」

「狭くない」

「大丈夫です」

セミダブルくらいの大きさのベッドに三人は狭いと思うんだけど問題ないみたいだね。

「じゃあ寝るか」

とはいえ暑いので、上にかけるものはいらないな。

「いいの？」

「まあ、今日はなんとなくな」

「てっきり自分の部屋で寝なさいって言うと思った」

「でも結局許してくれるかなと思いました」

うんうんと二人で頷いているが、なんだその共通認識は。

「あのなあ……俺の事ちょろいと思ってないか？」

俺が少し呆れながら言うと、二人は笑いながら顔を横に振る。

まったく……ただ俺はお風呂でのシロの言葉を聞いて、改めて今幸せなんだなとかみ締めたから
なんだがな。

異世界へ来て……そりゃあ問題も波乱万丈かってくらい起こったが、今この幸せを感じることができているのは、二人との巡り合わせがあったからだろう。

勿論、隼人やアイナ達とも出会わなければ、今のこの状況も訪れなかったことだろう。

こうして何度も幸せを再確認することができる事に心を温かくしつつ、そんな日に一人で眠るのは寂しいなと俺も思っていたところに、一緒に寝たいと言ってくれた事が何だか繋がってるような気がして、ちょっと嬉しかったんだよ。

「ん？　主嬉しそう？」

「ああ、嬉しいよ」

「んふー。主が嬉しいならシロも嬉しい」

俺に腕を伸ばさせて腕枕を作り、体をぎゅっと抱きしめて俺の足に足を絡めてくるシロ。

「相変わらずシロはぴったりくっつくのな……」

おそらく胸を押し付けて……というわけではないのだろう。

それでも、シロから女の子特有の柔らかさを全身で感じ、半身に温もりが伝わってくる。

「ん。今日はウェンディがいるからここでいい」

普段のシロは俺の上で寝る。

起きたらいつの間にか上に乗っているのだが、毎度服を乱しつつ顔を紅潮させて器用に丸くなって眠っているのだ。

とはいえ、ウェンディと三人で眠る時は俺の横でぴったりと抱きついて眠る。

その理由は……。

「ご主人様……私も……」

「ああ。おいで」

ウェンディは許可を得ると俺の腕を取り、こちらもしっかりと抱きしめる。

二の腕を大きなおっぱいの間に差し入れるかのようにしっかりと抱きしめつつ、指と指を絡ませて大事そうに包むのだ。

ウェンディが力をこめると、まるで腕が吸い込まれていくかの如く柔らかい感触に包まれていく。

「ふふ……落ち着きます」

俺のほうは何度やっても落ち着きなどはしないんだけどね。

とはいえ至福は至福なので甘んじて受け入れる。

「それじゃあ、寝るか……おやすみ」

「おやすみなさいませ。ご主人様」

「主、おやすみ」

こうして両サイドをがっちりと摑まれたまま眠るのだが……起きている状態から一緒に寝る場合、ここから困った事が起こる事を俺は知っている。

二人とも寝つきがとてもよい上に、今日はお風呂にも入り随分と遅い時間なのであっという間に寝入ってしまった。

すると……まずシロがもぞりと動き出す。

「んん……はむ」

「っ……」

腕枕から肩へ移動し、そのまま俺の頬に顔を寄せると、耳をぱくり。

「あぐあぐ……はむはむ……」

甘噛(あまが)みから唇だけで耳を挟むなどの軽い刺激にビクンと体が反応してしまうが、起こすのは可哀想だとなんとか耐える。

そして、小さなくぐもった息遣いが至近距離から耳に入り、吹きかけられる吐息にぞくっと背筋を震わせる。

だがこれで終わりではない。

今度は耳たぶから下りて首筋へと動き、唇でなぞらせる。

たまに小さく、「ちゅぴ」と音がすると、やさしく吸われる感触が離れ、また少し動いた所に「ちゅぴ」と小さく吸われる様な音がする。

感触は軽微だが、おそらく小さなキスマークが出来ている事だろう。

昔キスマークって唇の形だと思っていたのだが、そんな純粋な時代も俺にはあったんだなとどうでも良い事を考える。

その後、シロはちゅっちゅと首や頬に動いていくのだが、刺激が軽いのでだんだんと気にならなくなってくるのを待つ。

……の、だが今日は一人ではなく二人なのだ。

「んんぅ……」

ウェンディ始動だ……。

抱きしめられた腕はそのままに、まず足を取られて絡みつかれる。

ウェンディの白くもっちりとした太ももに挟まれた俺の足は自由が利かなくなり、膝頭より少し上、大腿の辺りが股下に入り込み、がっちりと二つの太ももに挟まれる至福のトライアングルの完成である。

すると、抱きしめられていた腕が放される。

だがこれはチャンスではない。

腕を曲げさせられ、先ほどまでは上腕がおっぱいに挟まれていたのだが、今度は前腕が挟まれる。

そしてさらに手首がウェンディの目の前にこんにちはをすると、まず頬に手を添えさせられた。

自らが動き満足するまで顔を撫でさせると今度は指先に唇を当ててくる。

やがてそれはだんだんと唇で食むようになり、軽く吸われたかと思えば甘く噛まれ、チロリと舌で舐められる。

「ん……ちゅぅ、ちゅ……」

やがて指の一本を軽く咥えられ、口内に浅く入り舌を動かされると、ぞくぞくっと背中に何ともいえぬ感触が走り、こちらもとうとう悶々としだしてしまう。

目を開けて二人の状態を確認したいところだが、今目を開ければ俺は間違いなく眠れなくなるだろう。

だが、二人はこれで完全に寝ているのである。

つまりは目を開けても眠れない状態で何も出来ず、余計に悶々としてしまうだろう。

だから俺は黙って耐える。

羊を数えていると、勝手に擬人化しはじめてしまうが耐える。

１００まで数えた擬人化した羊さんが毛を刈られ始めてエロくなっていくのにも歯を食いしばって耐え、やがてどうにか眠りに落ちていくのだった。

翌朝――。

「シロー？　ここにいるのー？　朝食が終わったら……って……なによこれ！」

……んん。なんだ騒々しい……。

頼むから昼過ぎまでは寝かせてほしいんだが……。

朝からこんな騒々しいのはソルテだな。間違いない。

まったくあの犬は……朝を起こす役割は鶏だぞ？

「起きなさいよー！　この変態！　発情魔！」

心外だ……お前は俺の昨日の夜の我慢を知らんだろうが、俺はしっかりと状況に応じた行動が出来るどちらかといえば変態寄りなだけの理性的な男だ。

所構わず発情するような奴と一緒にしないでいただきたい。

「あー……なんだよソルテ……夜這い……じゃない、朝這いか？」

「そ、そんな訳ないでしょう！　朝ごはんの時間になってもあんた達が起きてこないから探しに来たらシロもウェンディもいないしあんたの部屋だと思っただけよ！　そうしたら……なに？　昨日はお楽しみでしたね？ってこと？　あんたシロには手を出さないんじゃなかったの!?」

「冗談だって怒るなよ……んで、何を言って……って……」

あれ？　手が動かない。

まっすぐ伸びているのはわかるのに手が動かない。

そういえば昨日は寝る直前まで抱きしめられていたっけか……。

ああ、いまでも抱きしめられているようで腕から手首まで全部温かい……。

ん？　手首まで？

「何で二人の股間に手を埋めてるのよ！」

「あー……どうりで温かいと思った……」

なるほど。太ももの根元で挟まれていたからどちらも動かせなかったのか……。

というか相変わらず二人の服が驚くほどにはだけて乱れてずりさがっていたりなどかなり際どい事になっているのだが……俺のせいじゃないはずだ。

昨日の二人の寝相を鑑みればわかるはず。

きっと勝手に脱ぎだしたに違いない。

普段起こす際は全く乱れておらず、可愛らしい天使のようだがたまたまなのだろう。

「なんで慌ててないのよ！　普通？　普通なの？　あんたの中では女の子の股間に手を突っ込んで眠る事が普通なの？」

いいなそれ。

冬場は是非そうしていただきたい。

指先が冷えるんだよな……。

「んっんん……そんな訳無いだろう。たまたまだ。寝相だ寝相……。おーいシロ。ウェンディ、起きてくれー……」

じゃないと全く体が動かせん……。

「ふあ……あああああ……。ん……ん？　主の手がやらしい位置にある……。ぃゃん」

もう少し寝たいのにこのままではソルテが出て行ってくれないだろう。

「ぃゃん、じゃないでしょ!?　何？　望ましい展開なの？　朝起きたら男の手を股に挟んでいるのが嬉しいの!?」

「男のじゃない。主の」

「変わらないでしょ!?」

「変わる。全く違う。はあ？」

シロが軽くキレ気味に言うと、ソルテがうぐぐと言葉に詰まる。

あとソルテ、女の子が股だの股間だの連呼するのは感心しませんよ。

「あっあっ……ご主人様いけません……。シロが見てます……」

「あんたも大概にしなさいよ。朝から発情してんじゃないわよ！」

「ふぇ……？　ご主人様ぁ……あれ？　ソルテさん……おふぁようございまふ？」

「まずそのずり下がった服を上げなさいよ！　自慢？　自慢のつもりなの？」

「ふえ……あ、胸が……」

ウェンディはずり下がった肩紐を上げ、変に引っかかりそうなおっぱいを持ち上げてしっかりと服の内側へと収めると、俺の姿を探して四つんばいになり近寄ってくる。

「んん……ご主人様ぁ……」

正面からぎゅっと抱きしめられると、薄い生地のウェンディのおっぱいがぴったりと胸板に当たり、寝ている際にブラを外しているので感触をダイレクトに感じる事が出来た。

「すぅ……すぅ……」

まだ眠いのか耳元でウェンディの穏やかな息遣いに釣られて、俺もうつらうつらとしてしまいそうになる。

「ふああ……ウェンディ。起きないとソルテが怒るから起きような」

「んん……やああ……」

顔をふりふりとして嫌がるウェンディが余計に力を込めて抱きしめてくると、よりしっかりと押し付けられたおっぱいがつぶれ、範囲、柔らかさ、刺激と三拍子そろった至福が朝から訪れた。

……もうこのまま二度寝してしまってもいいんじゃないだろうか。

「いい加減にしなさい！　さっさと起きて顔洗う！　シロも、朝食が終わったら鍛錬付き合ってよね！」

「ん……はあ……わかった。主、お顔洗いに行こう」

「ああ……ああ。そうするか」

「んぅー……」

ウェンディが抱きついたままベッドから降りるとウェンディは首に手を回したままついてきて、俺が立ち上がると嫌そうな顔をしながら手を離した。

「ウェンディ、行くぞ……」

「…………はぁい」

しょんぼりと肩を落とし、俺の服をつまんでついてくるウェンディ。

結局顔を洗うまではうつろなままで、廊下を歩く際も服をつまみながら歩き、普段しっかりとしたウェンディしか見ていないメイドさん達が驚きのあまり足を止めるのだった。

「イッキさん！　今日このあとお茶をしませんか？」

朝食の最中、腸詰を口に放るタイミングで言われ、反応が遅れてしまう。

「んん……かまわないけど、今日はえらく早くからだな」

「午後から来客があるのですよ……。それがその……ちょっと気疲れしそうなので、癒しが欲しくて……」

……俺を癒し扱いってのはどうなんだ？

俺よりもずっと癒しになりそうな女性陣四名が俺のほうをジーッと見つめて何かを訴えているようだが、俺のせいじゃない！

とはいえこの熱ーい視線とその視線に気がつかない隼人（ハヤト）の笑顔の板ばさみで居心地が悪い……。

「あー……俺とでいいのか？」

「イッキさんとがいいんですよ。だって、大会が終わったらアインズヘイルに帰ってしまうではないですか……。忙しいからあまりゆっくりお話も出来ませんでしたし、もっと……いっぱいお話ししたいんですよ」

んんんー嬉（うれ）しいよ？　思わず抱きしめたくなるくらい嬉しいよ？　女の子に言われたらね。

でもね、隼人は男の子。俺も男の子。

男の子が頬を染めながらそういう台詞を言うと、誤解を加速させるわけだよ。

あーそこ。エミリーとミィひそひそしない！

クリスも葛藤しつつ、引き気味の笑顔を見せるんじゃない！

そんなお許しを得る為に、お前の眼を治したんじゃないからな？

レティ嬢ちゃんも魔力を高めない！

とはいえたまには男同士で……という気持ちもわからなくもない。

圧倒的に男よりも女の子が好きな俺だってそういう時はある。

わかるからこそ女の子には秘密にしたい事もあるのだろうし、無下にも出来ないのである。

「……わかった。じゃあ、軽くな」

「はい！」

ほら、隼人の満面の笑みが見られたからいいだろう？

たとえそれが自分達に向けられたものではないにしても、愛しい男の笑顔なんだから納得してくれ。

万が一、億が一にも俺が隼人を取る事はありえないからご勘弁願います……。

朝食をとり終えた後、いつもと同じく庭でお茶をする準備をクリスにしてもらう。

目の前では鍛錬の準備を始めるアイナ達三人とシロの姿が。

今朝鍛錬に付き合うと言った手前、今日はシロも行うようだ。

クリスは何にかわからないが気を使って二人きりになると、隼人は腕を伸ばしてつっぷしてしまう。

「はぁぁぁぁ……」

「あはは、お疲れだな」

「はいい……疲れました……」

隼人がこんな風にだらしなくするのは珍しいな。

それほどまでに疲れていたということなのだろう。

そして、俺とお茶会をしたいと言ったのは、この姿を女性陣に見せたくなかったんだろうな。

……無理をしているのには気づいている気がするが。

「やっぱり、貴族は大変か？」

「そうですね……なりたくてなった訳でもありませんし、僕も元はただの高校生ですよ？　貴族としての礼儀や作法もわからなくて、レティに叱られっぱなしです……」

そういえばレティ嬢ちゃんは貴族だったな。

「まあ、習えるだけいいじゃないか。いきなり失礼をして打ち首獄門！　みたいなのよりはずっとさ」

「そうですね……。おかげでいつも助かってます」

「今日の来客も気疲れしそうって事はお偉いさんか？」

「……んー……そうですね……」

なんとも歯切れの悪い隼人。

察するに、相手のほうが立場が上で断れない相手……といった所か。

まあ、なんにせよ大変そうだな……。

「……午後からは錬金をする予定なんだが、隼人の分も何か作ろうか？」

「え、本当ですか？」

「ああ。一点ものは流石に時間が足りないが、『贋作』出来るものなら手間でもないしな」

「わあ、嬉しいです！　これで午後も頑張れます！」

空元気のようだが、少しでも元気が出るなら安いもんだ。

それからは元の世界の話を少々。

出身地や家族構成、隼人は一人っ子で兄への憧れがあったそうな。

つまり、俺をお兄ちゃんと見ているのか？

……お兄ちゃんと聞くと、ロリのくせに年上の領主を思い出すな……。


隼人とのお茶会を終えた俺は部屋に籠る準備を始める。

後ろにはウェンディが控えておりたまにこうして錬金を見ているのだが……楽しいものではないと思うんだけどな。

シロは俺達が撤収をする際には鍛錬を始めていた。

よく食べ、よく動くシロは、きっと立派に成長すると思う。

さて、とりあえず何を作るかな……。

隼人に喜んでもらえるものがいいよな……。

しかも俺も嬉しいもの……。

んんーとなると、元の世界の物がいいと思うんだが、いざ漠然と何かを作ろうと思うと困るな……。

大規模なものは作るのに時間もかかるし、ある程度それなりのちょうどいいものは何かあるかな……。

バイブレータの系譜……は、隼人を困らせるだけか……。

うーん……チラ。

「??」

ウェンディの方を見ると視線が合い、「なんだろう？」というように首を傾(かし)げていた。

うん。今日も超可愛(かわい)い。

大人になったら超って言葉を使うのはなんだか恥ずかしいんだが、超絶可愛いんだから仕方ないよね。

しかし、こうやって改めてじっくり見てみると本当に可愛いよな……。

元の世界では天然ではおよそありえない色ながらも艶やかで美しく太陽の光に反射してきらきらと輝く薄ピンク色の髪。

小さくて整った顔はまつげも長いし、唇もぷるんとしているし……。

更にはグラビアアイドルでもこんなに素晴らしいおっぱいはいないだろうという大きさと形と柔らかさ、そして張りもあるという、間違いなく元の世界でデビューしようものならあっという間に累計販売数でＴＯＰを飾る事間違いなしの男受けするプロポーション……。

今も俺が見続ける事により首を傾げつつ頬を赤らめ始める仕草といい、夜二人きりになると積極的になりくっついてくるのが大好きな女の子か……。

なんでこんな可愛い子が俺なんかに……なんて不安を覚えてしまいそうなほどに可愛い。

こんな女の子と俺は一緒にお風呂に入ったり、一緒に寝たりと世の男性からすれば羨ましいことばかりを平気で行っている訳か……。

……いつか刺されないか心配になってくるな。

常にポーションは取り出せるようにしておこう……。

でも、昨日のお風呂もな……。

っと、そうだ。お風呂だ。お風呂上がりにアレが欲しかったんだった。

「ご主人様……？　じいっと見られると……恥ずかしいのですが……」

「よし」

「ふえ？」

扇風機を作ろう。

お風呂上がりの熱がこもった状態を解消するために扇風機を作ろう。

昨日長湯になってしまった時も思ったのだが、扇風機が欲しい。

「あ、あれ？　ご主人様ー？」

そうと決まれば材料だ。

まずは『回転球体』だな。

魔力を注ぐと回転するこのアイテム……どの程度のものなのかをまずは確かめよう。

魔力を注いで見るとゆっくりと机の上で回りだし、だんだんと速くなってくるが……この速度じゃあ扇風機の弱にも及ばないだろう。

となると、別で回転する力を強化する何かが必要だな。

魔石と回転球体をつないで魔力タンクを作るか？

いや、魔力量を増やしても変わらない以上、出力を増やさねばならないから持続時間しか伸びないか……。

ならば風の魔石と合成したらどうだろう。

風の魔石は魔力を注げば微風が吹くのだし、とりあえず試しで合成をしてみるか。

『風の回転球体』

うん。まんまだな。

さて、魔力を注ぐと……？

『ひゅぅぅ……』

んー……回転速度は上がらないが、微風が流れてはいるようだ。

手を近づければわかるレベルだが、さっきよりはマシだろうか。

でもこれならわざわざ回転球体と合成しなくても、風の魔石だけでも大して変わらないんだよな……。

「んー……」

「えっと、どうしました？」

「んー……」

「あう……また聞こえていないようです……」

微風……微風か。

もう少し風が強ければその風を推進力に変えられるかもしれないのだが、流石に弱すぎるな……。

……次の案に行くか。

バイブレータと同様に魔力誘導板を利用して回転数を上げられるか試してみよう。

魔力誘導板は二枚使えば磁石みたいなものになるし、プロペラにも魔力誘導板を利用して反発しあう力を使えば速く回れるように出来るかもしれない。

ただバイブレータ同様組み合わせ方や設置位置などでかなり難儀しそうだな。

とりあえず骨格を作るか。

普通のリビング型扇風機を……いや、待てよ……。

別に企業が出すしっかりとした商品って訳でもないし、形に拘る必要はないよな。

ならば組み合わせを優先してもいいのか。

とりあえず試行錯誤してみますか。

で、だ。


結果発表！


さて、見た目は扇風機だが、これを扇風機と呼んでいいのだろうか……。

いや、扇状の板が回り風が生まれるのだから扇風機で間違いはないのだが……。

扇は風の魔石を板状に再構築し、さらに魔力誘導板と合成させた『風の魔力誘導板』を使用。

軸には回転球体を再構築し、『回転輪』にする。そしてベアリングのように細かな球体を等間隔で配置し、摩擦を少なくして回転数を上げる。

更にフレームには回転数を上げさせる為に魔力誘導板を格子状に加工して使用し、側面を板状にすることにより、『風の魔力誘導板』から生じる微かな横向きの風を前方向に変える様に工夫を施し、さらには安全面を考えてフレームには強度を増加させる為に金属も含ませている。

これで、俗に言う『強』までの速さを実現することが出来た。

『弱』にするならばツマミを捻れば魔力の供給量をカットできるので、風量の調整も可能な渾身の自信作ではある。

ただ、予想以上に疲れた……。

魔力誘導板の調整が相当だるい……。

格子状にした際に表裏を考えつつ組み合わせていくのがかなり大変だった。

正直、もう一度は作りたくない……。

だが、そんな時の為にあるようなスキル！

『既知の魔法陣（エクスペリエンスサークル）』と『贋作（マルチコピー）』！

いやあ、錬金のレベルが高くてよかったね！

これで自分の分も簡単に作れるよ。

工場のラインを一人で担えるようなものなのだから、とんでもないスキルだ！

って事で、本日のお仕事終了！

次の試作はまた今度にしよう。

今回の錬金で新たにアイディアも浮かんだしな。

『回転輪』、これは便利である。

「お疲れ様です。完成ですか？」

「ん、ああ……ごめんな？　つき合わせちまって。つまんなかっただろう？」

「いいえ。ご主人様が真面目な顔でお仕事をしているところを見ているだけで幸せでしたよ。ふふ。ご主人様は集中すると周りの声が耳に入らないのですね。先ほど、隼人さんがいらしてましたよ？」

「え、本当？　全く気がつかなかったな……」

「私も何度か話しかけたんですけどね……。でも、ご主人様が集中していらっしゃるようだったので、大人しくしていました」

あー……そいつは悪い事をした……。

つい集中しすぎて、のめり込んでしまったらしい。

体をゆすってくれれば流石に気づくとは思うんだけど……。

「はい。お茶をどうぞ。それで、これはいったいなんなのですか？　隼人様が完成が楽しみだと言っていましたが……」

「ん。ああ、扇風機だよ。こうして、風を作り出す装置だ。ちょっと顔を近づけてみな。あ、髪は巻き込まれないように気をつけてな」

俺はウェンディからお茶を受け取り、扇風機に魔力を通すと風が生まれてウェンディの方に吹く。

「おおー、涼しい風が来ますね」

「水の魔石で冷風が流れるようにしているからな。取り外せば普通の風、火の魔石を付け替えれば温風が来るようにしたんだ」

そう。この扇風機こう見えてエアコンのような仕様なのだ。

お風呂上がりだけでなく、寒い日や暑い日にも大活躍できる優れものなのである。

「アアアー……わあ、声が変わります！」

おお、扇風機の醍醐味である「アアアー！」を自分で発見するとはやりおるなウェンディよ。

だが、「ワレワレハウチュウジンダ」までは無理だろう。

……そもそも宇宙人という概念があるかどうかもわからないな。

俺達流れ人も宇宙人扱いになるだろうか。

そうなると、「ワレワレハナガレビトダ」となるのだろうか。


「あああーごぉしゅぅじぃんんさぁまぁー……。あははは。面白いですね！」

「あんまり直接あたりすぎると、体調悪くなるからほどほどにな？」

「はーい！　でも、どうしてこれを作ろうと思ったのですか？」

「お風呂上がりに涼むのに、わざわざ錬金室に行かないとだったろ？　脱衣場に置いて火照った体を涼ませたいなって思ってさ」

「お風呂……もうご主人様ったら。私を見てお風呂の事を思い出すなんて……。やっぱり一緒に入りたいんじゃないですか……？」

「いや、あの……そりゃあ、ね？」


入りたいか入りたくないかと言われれば当然入りたいに決まっているじゃないか。

背中を流してもらい、くっついて湯船に入る……ああ、入りたい。今すぐにでも。


「ふふ。私はいつでも構いませんよ？　いつ何時でも、ご主人様とならお風呂を共にします」


おお……妖艶なウェンディさんだ……。

えっちぃモードである。

人差し指を口元に当て、唇をなぞり目を細めてゆっくりと迫ってくるウェンディさんだ。

普段は受身であるのだが、時々こうして妖艶なウェンディさんになる事に最近気がついた。


「隼人様方に配慮……というご主人様のお気持ちもわかりますが……。今更な気もしますよ？」

「それは………そうかもしれないけどね」

隼人達の前で結構……いやかなりイチャついて隼人が赤面することも多かったと思うし、隼人には恋愛的な大人のご意見講座もしたわけだしね……。

「せ、積極的ですねウェンディさん」

「先ほどはご主人様が集中していらしたので少し寂しかったんです。……積極的な女の子は、お嫌いですか？」

「っ……ふぅー……。そんな訳がない」

「でしたら……いっそ、今から——」

「ウェンディ様？　いらっしゃいますかー？」

「「ッッ」」

大きな声が耳に届き、扉が開けられると同時に咄嗟に離れてしまう。

なんとも微妙な距離であり、なんとも微妙な空気の中、部屋に入ってきたのはエミリーだった。

「あら……お邪魔しちゃった？」

「ノックくらいしろよな……」

「嫌よ。ここは隼人の家。私の家でもあるんだもの。気を使う必要はないでしょう？」

「……俺の家に泊める時、同じ理由で同じことをしてやる」

「隼人に幻滅されるわよ？」

「俺に幻滅されているのはいいの!?」

「だって、困らないもの」

「……私は幻滅しましたよ？」

「す、すみませんウェンディ様！　以後気をつけますから！」

ウェンディがすねるように頬を膨らませると、とたんに腰が低くなるエミリー。

普段高飛車な感じのエミリーだが、ウェンディだけにはとても丁寧で敬っているんだよな……。

「それで、どうしたんだよ」

「ウェンディ様をお茶に誘いに来たのよ。あ、あんたはだめよ？　女子会だから」

こっちにも女子会あるんだな……。

まあ、俺も男子会をしたわけだしそういうことなら遠慮しよう。

まだ扇風機の微調整もあるしな……。

「行ってきなよウェンディ」

「でも……」

「いいからいいから。この後はちょっと調整するだけだし、終わったらアイナ達の様子を見に行くくらいだからさ」

「ん？　何か作ったの？　何これ？」

「扇風機。元の世界のものだよ。効果はエアコンだけどな」

「せんぷうき？　えあこん？　よくわからないわね……」

「まあ、一台は隼人にあげるやつだから、今度話の種に聞いてみろよ」

「そうね。そうするわ。それじゃあウェンディ様行きましょう」

ウェンディは少し後ろ髪を引かれているようだが、エミリーが手を取り俺も手を振り送り出すと優しく扉を閉めて出て行った。

さて、回転の軸の調整をしっかりして、後は連続稼動でどれくらい耐えられるかの耐久性も調べてと……。

何か事故でもあったら大変だからな……。

どうするか……と、考えているとガチャッと扉の開く音がする。

ウェンディが忘れ物でもしたのかな？　と思いつつ視線は扇風機に注ぐ。

長く使っていると折れるかもしれないし、軸の素材も強度の高い物に変えるか……？

「……のう」

首振り機能も付けたいんだがどう付けるかが問題だな……。

「のうと言うておる」

流石に360度回転してしまうのは困るから、板を置いてぶつかったら停止させ、今度は逆回転する回転輪を付ければできるかな？

「わらわを無視か……よい度胸をしておるようじゃな。食らえ、我が最強の一撃。脇腹をツン！」

「ぬあふ！」

おおおお……痛い、痛いしくすぐったい……何だいったい。

「ふっふっふ。ようやく反応したか。わらわを無視するなぞ、不敬じゃぞ」

「え？　オチビさん誰だ？」

いつの間に入って……ああ、さっきドアが開いたのはこの子だったのか。

子供……だよな。シロくらいか？

しかし、随分といい服を着ているってことは、良いところの子供なのだろうか。

「ふむ……わらわの身体を嘗め回すように見るとは……お主、病気じゃな」

「見てないし、興味もないんだけど……」

ちなみにその病気不治の病だからな？

俺は大きい方が好きなノットロリコンなので違うからね？

「ふん。病気の不敬者がここで何をしておる」

不敬？って事はやはりこの子は身分が高いって事か？

ああ！　つまりあれか。隼人のお客さんの子供ってことかな？

大人の話し合いがつまらないから抜け出して探検といったところだろうか。

「お嬢ちゃんあれか？　隼人のところに来ているお客さんか？」

「うむ。そのとおりである。退屈ゆえ家を見て回っておった」

しかししゃべり方が偉そうと言うか、年寄りくさいというか……。

もしかして、お祖父ちゃん子なのか？

子供って大人の話し方を真似したくなるものだもんな。

「それで、なにをしていたのじゃ？」

「ああ、錬金だよ」

「と言うことは、お主は錬金術師か。……わらわは貴族であるぞ？　言葉遣いを改めよ」

あー……それもそうか。

でも、子供って実際は貴族ではないんじゃなかったっけ？

とはいえ一般市民である俺よりも高貴であることは間違いないのだし、付き合うとするか。

「失礼しました。錬金スキルを用いて扇風機を作っておりました」

「……ほう。やればできるではないか。それで、扇風機とはなんじゃ？」

「こうして魔力を通すと扇型のプロペラが回転し、風を作り出す魔道具ですよ」

「ほーう。ふむ。なるほど……冷たい風が出るのじゃな」

「ええ。現在は水の魔石を仕込んでいますので。火の魔石を仕込めば、暖かい風も出ますよ」

「汎用性も高いのか！　ほーう！」

珍しいのか、っていうか珍しいとは思うんだけど興味津々のようでつまみを動かしては強弱を楽しむ子供。

しかし、この子が顔を近づけた瞬間になにやらカバーがバチンと音を立てる。

「危ないっ！」

思わず手を伸ばし子供を抱きしめて背中で庇（かば）うと扇風機が倒れ、カバーが外れてプロペラ部分が飛んでしまう。

そして、外れたプロペラが俺の背中に当たると地面に落ち、回転力のままに転がっていく。

「大丈夫か？　怪我（けが）は無いか？」

「う、うむ。お主が庇ってくれたおかげで問題ない」

「そうか……」

危ない危ない。

貴族の子供に傷をつけたとあらば、たとえ事故であってもその親が黙っていないだろう。

俺のような木っ端市民なぞ、鼻息一つで吹き飛ばされるに決まっている。

隼人が庇ってくれたとしても、迷惑をかける結果になるところだった……。

それに、幼い女の子に傷をつけるわけにはいかないだろう。

随分と可愛らしく、きっと成長すれば美人になること間違いなし。

未来の美女を守るのは当然のことである。

「……で、いつまでわらわを抱きしめているつもりじゃ。不敬じゃぞ」

「あ、悪い」

言われてすぐに子供を放してパンパンッと軽く服に付いたほこりやごみを払ってやり、俺も椅子に座りなおす。

「……ふん。しかし、欠陥品じゃったか」

「あー……まだ調整中なんですよ。耐久力はやっぱり問題だったか……。どうせ交換する時は俺がするわけだし、いっそのこと外れないようにカバーは固めちゃうか……」

従来の作りどおり分解できるようにしていた結果、カバーが外れてプロペラが軸から外れてしまったのだ。

であれば、カバーさえ外れなければプロペラが外れることもないだろう。

そうと決まれば錬金で……って……。

「……お嬢ちゃん？」

「アイリスじゃ。アイリスと呼ぶがよい」

「ええっと、アイリス？……なんで膝上に？」

思考している間にいつの間にか子供が俺の膝上に乗っている。

「うむ。これから直すのであろう？　錬金術師の仕事をじっくりと見るのは初めてじゃからな。見学させてもらう」

見学って、それは構わないのだがなぜ膝上……？

「まあ……いいですけどね」

「ほう。てっきり邪魔だと降ろされると思ったのだがな」

「慣れてますんで大丈夫です」

普段から膝上にシロを乗せて仕事もしているからな。

初めの頃は邪魔になるときもあったが、うまくやれば問題は無い。

さて、軸ももっと硬い素材に変えるとして、後はプロペラをただ通すだけでなく押さえるパーツも作るとするか。

「ほーう……素手でやるのか」

「『手形成（ハンディング）』ってスキルですよ」

「それは知っておる。だが、あのスキルは錬金のレベルが7必要ではなかったか？」

「……詳しいですね。そのとおり、レベル7で覚えたものですね」

「わらわは博識であるからな。で、お主その若さでレベル7か……」

「まあ、俺流れ人ですし」

とはいえユニークスキルではないんだけどね。

まあでも……成長早いよね。

隼人も驚くほどの速度で錬金のレベル上がったし。

それとは逆に料理のスキルは一向に上がらないんだけどね……。

「そうか。隼人も流れ人であったし、成長が早いのか。とはいえ才能による限界もあるはず……。お主、錬金レベルはいくつじゃ？」

「9ですけど……」

「9!?　ほあー……優秀な錬金術師なのだな。しかし、王都の錬金術師にお主のようなものがいたかのう」

「いや、普段はアインズヘイルにいるんですよ。今回は王都に遊びに来たんです」

「アインズヘイルか……『超常』のいるところではないか……」

「レインリヒですか？　一応師匠に当たりますね」

「レインリヒの弟子じゃと……。それだけで納得できるのう……それより……」

話しながらも作業をしていると、頬を押さえられくいっと引かれて無理やりにアイリスへと顔を向けさせられる。

「お主……興味はないと言っておったが、しっかりと硬くしているではないか。ガチガチであるぞ？」

……。

「にしし。お主の硬いのがわらわの尻に押し付けられているぞ？　平静を装いつつわらわの尻を堪能しておったのか？　この不敬者め」

子供らしからぬ妖艶な雰囲気を醸し出すアイリス。

……だが、残念ながら年齢が足りない。

おませなお子さんがふざけて大人の真似をしているようにしか見えないのである。

そして……。

「む？　なんだ、事実を指摘されて怒ったのか？　わらわに乱暴するつもりなら、容赦はせぬぞ？」

アイリスを持ち上げながら椅子から立ち上がり床におろす。

そしてポケットをまさぐり、取り出したのは……。

「……なんじゃこれは？」

「ペンチです」

作業に使う道具をポケットに入れていただけなんだよね。

突然乗るから取り出せなかったんだよ……。

そして再度椅子に座り、作業を再開。

「……いや待て。わらわ程の美少女を膝に乗せて反応せんわけなかろう！」

作業中である俺の腕の間をくぐって股の間に来ると、再度膝上に座るアイリス。

「別に怒っているわけではないぞ？　むしろ当然と言える。ほれ、先ほどは道具に阻まれたが今度は直じゃろう？　どうじゃ？　わらわのぷにぷにな尻が乗っておるぞ？」

……なんだろう。オリゴールを思い出すな……。

この世界、背が低い子程性的な欲求が高いのだろうか。

……いや、ウェンディの事も考えるとそうとは言い切れないが、どうしてこう……俺のストライクゾーン外のロリがこうもアプローチをかけてくるのだろう。

「むう……お主、まさかその若さで……？」

「なわけねえだろう。現役バリバリだよ」

「なわけなかろう！　わらわ程の美少女が膝に乗っておるのじゃぞ？　反応の一つも見せねば不敬じゃろう!?」

「どっちに転んでも不敬なのかよ……」

反応しても、反応しなくても不敬とか詰んでるじゃないか。

というか、膝上に少女が乗ったくらいで反応したら……だめだと思う。

「そういうのはもう少し、大きくなったらな」

「ああ……これだから流れ人は面倒くさい……義姉様が手を焼くのも理解できるな……。一応言っておくが、わらわはもうすぐ結婚が出来る年で、子も作れるぞ」

……そういえば、この世界と元の世界では倫理観が違うんだよな……。

結婚の平均年齢も大分若いみたいだし、というか数年でシロも結婚出来るとかちょっと考えが追いつかない。

まあ？　魔物のいる世界だし、危険を考えると適齢が若くなるのもわかるし、法律で許可が出ているのであれば良いって事なんだろうけど……。

「むうう……本当に反応無しとは……」

「はいはい。女の子がそういうことしないの……」

確認するためにお尻をぐりぐりするんじゃありません。

そんなことしても足の筋がぐねるだけで何もおきないから……。

「むむむ……マジか」

「マジです。ほら、邪魔するなら降ろしますよ」

「むうう……」

どうも不服そうではあるが、しょうがないだろう。

こちらは20年以上小さい子に反応してはいけないという教育の下、生きてきているのだから、郷に入っては郷に従えと言われても無理にでも変えなきゃいけないわけでもなければ、なかなかすぐには変えられないのだ。

「アイリス様!?　どこですか!?　帰りますよ？」

「ほら、呼んでますよ」

廊下から凜とした声の女性がアイリスを呼んでいる。

やはり勝手に抜け出して探索に出ていたのだろう。

「ちぃ……仕方ない。今日は帰るか。……退屈も潰せたしな」

ぴょんっと膝上から降りて真っ直ぐにドアへと向かうアイリス。

「じゃあな。暇が潰せたようなら良かったよ」

「……お主先ほどからたびたび言葉遣いがなっておらぬ。よって、不敬と見なす」

「あ……」

つい相手が子供だと油断してしまったか……。

相手が大人であれば取引先との営業トークで鍛えた言葉遣いを行えたと思うんだがな……。

「ゆえに……またわらわの相手をしろ。良いな？」

「え、あ、ああ……わかっ、わかりました」

「うむ。わらわと仲良くなれば、言葉遣いには目を瞑ってやるようにもなるだろう。ではな」

ドアを開き、部屋から出て行くアイリスの後ろ姿を見送る。

なんというか……凄まじい子だったな。

年の割りに恐ろしさを秘めているというか、姿以外は大人びているというか……。

オリゴールと一緒でハーフリング……という訳ではなさそうだが、子供の内から貴族社会を経験しているとああいう早熟な子に育つのかね。

まあでも、悪い子じゃあないってのはわかる。

「まあ、また相手をって言っていたけど、会う機会なんてそうそうないだろうな」

親の用事で来たのなら、親に用事がなければ来れないだろうしな。

とはいえ、また、って事は暇つぶしが楽しかったのかね？　なら良かったけど。

「……さて、続きをするか」

次来たときには完成品を見せられるように、しっかりと作りこまなければな。


「あのですね……離れられると護衛が出来ないのですけど。ただでさえ、私はシュパリエ様の護衛を仰せつかっていましたし、隼人卿の邸宅なので『シノビ』も潜ませられませんでしたし……何かあってからでは遅いのですよ？」

……相変わらずアヤメは細かい事にうるさいのう。

結果何もなかったのだから良いではないか。

「仕方なかろう？　シュパリエ義姉様が秘密裏に隼人に会いに行きたいと言っておったのじゃから、近衛を動かすわけにもいかず、信頼できる護衛といえばお主に頼むほかない。……それに、隼人と義姉様の逢瀬をわらわが見てどうしろというのじゃ」

義姉様の恋する乙女な姿は見ていて微笑ましいが、隼人は奥手であるからな。

義姉様が積極的に攻め、隼人が引きつつ受ける。

それを延々帰るまで見ているだけなど、不毛すぎるであろう……。

「それはそうですが……御身が『王族』であることをお忘れなく。ただでさえアイリス様は……」

「隼人宅で手を出してくる輩なぞおらぬよ。アヤメは心配しすぎじゃ」

それに、王位継承権を放棄したわらわを、今更狙う者なぞわらわの仕事で没落した貴族共であろう。

そんな奴等の手合いが、隼人宅に入り込むなぞ不可能だ。

……まあ、今いる場所から王都に来ることすら無理であるがな。

「はあ……それが貴方の護衛の仕事ですので。それで、何をしておられたのですか？」

「ちと面白い奴がおってな」

「隼人卿のお仲間ですか？　確かフレイムハート家と、エルフ、それと猫人族がいましたね。あとは給仕をしていた少女でしたか……」

「いいや。そやつらではなく男じゃったぞ」

「隼人卿の家に男……？　執事長のフリード殿ではなくですか？」

「うむ。若い男であった。面白かったぞ？　錬金術師でな。なんとレインリヒの弟子だそうだ」

「なっ……。見るからに怪しいじゃないですか……『超常』の弟子を騙る者だなんて、世の中にどれほどいると思っているのですか？」

「いやいや。あやつは本物じゃよ」

確かに。己の価値を上げて国に重用される為に虚言を吐く者は多くいる。

特に錬金術師であれば、稀代の天才である『変人』エリオダルトか、『超常』のレインリヒになるであろう。

その様な者は数多く見てきておるし、取っ掛かり易い立場の王族であるわらわゆえ、近づいてくる者や、謀(たばか)って薦めて来る者も多い。

だが、あやつは本物じゃろう。

「……確かに、隼人卿の家にいる錬金術師であればそうかもしれませんが……」

「さらにあやつは流れ人であったしな」

「流れ人の錬金術師ですか……？　余計に怪しいと思うんですけど……変な薬とか飲まされていませんよね？」

「なに、わらわが膝上に乗り錬金を見ていただけじゃよ。なかなか面白い物を作っておったぞ」

「なっ……膝の上に乗ったのですか!?」

「うむ。しかもわらわで反応せぬ男であった」

「反応……？っ！　な、なんて事を言うんですか！」

想像しただけで顔を紅(あか)くするなどどこまで生娘なのだこの適齢期は……。

『シノビ』と言えば、そういった房中術の訓練も受けているはずなのにのう……。

まあ、その分アヤメは戦闘力が高いからの、世の中バランス……とはいえ、女子力低いから今後が心配じゃな。

「まあ、また会うこともあるであろう。その時は……もっと遊んでやろう」

「……ずいぶんと気に入ったようですね」

「うむ。気に入った。と言って差し支えはない」

「はあ……」

こめかみを押さえて残念そうに頭を唸(うな)らせるアヤメが、非難の目を向けてきおった。

「貴様は怪しがりすぎじゃ。わらわの目を信じぬのか？」

「全てを警戒して疑ってかかるのが護衛の仕事ですので。次の機会では、しっかりと私が見極めさせていただきます」

堅いのうこやつは。

もう少し柔軟に対応できねば、寄り付く男もおらぬじゃろうに。

適当に良い男でも見繕ってやるかのう……。

第三章　王都一武術大会チーム戦開催

アイリスがいなくなり扇風機の調整も無事に終えて庭に出ると、女子会をしていたはずの皆が座って何かを見ていた。

俺も皆が見るほうに顔を向けると、そこにはシロと紅い戦線(レッドライン)の三人が鍛錬をしているところであった。

どうやらレティ、エミリー、ミィ、ウェンディの四人で見学をしているらしい。

隼人(ハヤト)とクリスはいないようだが、皆鍛錬の様子に釘付け(くぎづ)けのようで、俺にはきづいていないようだ。

さて、どうやって混ぜてもらおう。

ここは無難に「まーぜーてー」がいいかな？

「あ、ご主人様。こちらにどうぞ」

……悩んでいるうちに解決してしまったので、俺は大人しくウェンディの隣に腰を下ろし見学に混ぜてもらう。

「お仕事は終わったのですか？」

「ああ。もともと調整だけだったしな」

「さっきのあれね。完成したの？」

「もちろん。後で隼人にも渡しておくよ」

ウェンディがお茶を注いで渡してくれるのでいただきつつ、質問に答える。

だが、その間にもレティとミィは視線を鍛錬からはずさない。

お茶を一口吸い込む。

まだ熱いが飲みやすい温度で、ぐぐっと飲んでしまいそうになるがここは優雅に飲まないとと思っていると、突然レティが俺のほうを向く。

「……ねえ、あんたのところのシロって何者なのよ……」

「何者って言われてもな……」

シロは可愛い俺のシロだ！　としか言いようがない。

「三対一で圧倒してるのよ？　流石にミィでもあんなこと出来ないわよ？」

「むむ……悔しいけど、流石に無理なのです……」

うん。まあ俺もさっきから見てるから知っているけど、あそこまで凄いとは思わなかった。

ひらりひらりとかわし、いなし、避け続けてこっちに向かって手を振る余裕まであるのだ。

流石に余所見は危ないと思うが……。

「あーもう！　なんで余所見してても当たらないのよ！」

「イライラは戦っている時に最もしちゃいけない。集中力が鈍る。当たらない槍がもっと当たらなくなる」

「実際当たってないから何も言い返せない！　あーっ！　絶対当ててやるから！」

「ムキになるのもダメ。犬じゃなくて本当は猪なの？」

「うるさいうるさい！　絶対当てるの！」

どうやら避けながらアドバイス……？　をしているようだ。

うん、アドバイスのはずだ。

「せやあああ！」

ソルテが連続で槍を突き出し、シロが避け続ける真横からアイナの剣が入る。

だが上段から振り下ろされた剣を難なくかわし、そこから避けた方向に切り上げられても一切慌てずにナイフで軌道を逸らした。

「アイナは愚直すぎ。教本どおりが悪いとは言わないけど、フェイントまで教本どおりだと相手に避けてくださいと言っているようなもの。戦いながら工夫して自分で考えないとだめ」

「む、むう。難しいな……。型どおりに体が動いてしまうのだ」

「それが相手にばれたら間違いなく倒される。力強い一撃でも、当たらなければ意味が無い」

「すぐに直せるかはわからないが、ご忠告ありがたく受け取ろう」

アイナはまた剣を構え、シロの隙を窺う。

ちなみにアイナにアドバイスをしている今なおソルテの槍も突き出されていて、シロはあまり見ずに回避しながらアイナに話しかけている状況だ。

「行くっすよおおお！」

そこに上からレンゲが拳を握って舞い降りる。

奇襲のようだがシロはそれをひょいっと鳥の糞でも避けるように躱す。

その後着地したレンゲの連打もバックステップ一つで対処すると、今度は珍しくシロがナイフを振るう。

レンゲはぎりっぎりで仰け反って躱したようだが、そのまま後ろ回りをしてすぐに起き上がった。

「せっかくの奇襲に声を張り上げるとか、馬鹿なの？　あと回避する際はもう少し余裕を持った方がいい」

「シロだってぎりぎりじゃないっすか！」

「シロのとレンゲのは違う。シロのは次を考えて避けてる。レンゲのはただギリギリで避けてるだけで避けた後のバランスが悪い」

「難しいこと言われてもわかんないっすよー！」

「じゃあ身体で覚える」

そう言うとシロはレンゲをナイフで攻撃し始めた。

それをレンゲは『わ、わわわ』とギリギリで避けて行くのだが、最終的に足がもつれて転んでしまった。

「ほら、こうなる」

「嫌らしいところをチクチクとするんすもん！」

「それが戦い。力で叩いて壊すだけが戦いじゃない」

「もらったああああ！」

「あげない」

ソルテがシロの背後から一撃をお見舞いするが、それすらも読んでいたのかやすやすと後ろを向いた状態から跳躍して回避し、ソルテの真後ろに跳んだシロ。

ソルテが突き出した槍はシロが避けた事でレンゲの顔の手前で止まった。

「ひあああぁ！　ソルテ！　危ないっすよ！」

「いつまでも寝転がってるあんたが悪い！　あーもうレンゲちょっと突撃してシロを抑えなさいよ。あんたごと貫くから」

「当たらないからってイライラしすぎっす！　というか、捕まえられたら苦労しないっすよ！」

はぁー……それにしても見事なもんだ。

シロがいかに強くても三対一だぞ。

それに、俺は昨日の鍛錬の際に『黒い布』のようなものを纏う技を見ている。

今シロがそれを纏っていないということは、この状況でもまだ余裕があるという事だろう。

「あの子達Aランク冒険者でしょ？　いくらなんでも一撃も食らわないなんて……」

レティの言うことももっともである。

とはいえ、アイナ達が弱いわけじゃあない。

シロが強すぎるのだ。

「やっぱりシロは強いのです……」

「でも、ミィも隼人と旅をしてきたから強いんだろう？」

「そ、それはそうなのです……！　ミィだって強いのです！　でも、シロはまだ本気じゃないのです……。まだまだもっと強い力を秘めている気がするのです」

真剣な眼差しでシロを見つめるミィは流石隼人と旅をしてきたこともあり、知らないはずなのにあの『黒い布』のような秘めた力を感じているようだ。

この後も俺達はシロとソルテ達との戦いを見学していたのだが、結局シロに一撃を与える事は叶わず、夕食の時間を迎えてしまうのであった。


「あーもう……むかつくむかつく」

ソルテが枕をベッドに投げ入れ、自分も飛び込むと抱きかかえるように枕をまた掴む。

「あっはっはっは。荒れてるっすねえ」

「笑い事じゃないわよ！　あんなに攻めたのに一発も当てられなかったのよ！」

ソルテが言っているのは今日の鍛錬の事だろう。

シロに付き合ってもらった訳だが、見事なまでに避けきられてしまったな。

我々よりも強い……というのはわかっていたが、あそこまで実力が離れているとは思わなかった。

「悔しいのはわかるが、枕に当たるものではないぞ」

「だって……」

「そういえば、今日はずっとイライラしてたっすね。あれじゃあ、当たらないっすよ！」

「……うるさいわねえ」

そうだな。ソルテは朝から苛立っているように見えたが、鍛錬にまで引きずっている様子だった。

朝は……早く起きて三人でランニングをしていた時はそうでもなかったはずなのだがな。

そういえば、シロや主君を起こしに行った後からだったか。

「なーんであんなに荒れていたんすか？　そりゃあ、シロとソルテは相性が悪そうっすけど、あそこまで冷静じゃないのも珍しいっすよ」

確かに。シロとソルテはよく口喧嘩をしているが、ソルテもシロの実力は悔しがりつつも認めている。

だからこそ、今日の鍛錬のようにシロが付き合ってくれる時はお願いしているわけだが、今日はどうにも普段よりも感情が激しかったように思えた。

「だって……主様達ってば、昨日三人でお風呂に入って、三人で寝てたんだもん……」

「なっ、そういうのはこっちじゃ禁止なんじゃないんすか？」

「知らないわよ。今日朝起こしに行ったら三人で寝てるし、三人から普段よりもお風呂の匂いがしたんだもん」

匂いで入浴時間がわかるのか……。

獣人の鼻は鋭いと聞くが、そんな事までわかるものなのか？

だが、毎日嗅いでいれば違いを嗅ぎ分けるくらいはできるのかもしれないな。

「ほぉーう。それで、羨ましくてイライラしていたってことっすか？　ソルテたんもご主人と一緒に入りたいんすかー？」

「入り……たいわけじゃないけど、でもほら、あの家ではお風呂は主様と一緒って言われたのに、私達とは入らないじゃない……」

ふむ……。

それは確かに、私も気にはなっていた。

主君の家に住む事となった日に、シロが主君と入るのが基本と言っていたのだが、結局そんな基本はなかった。

だが、シロとウェンディは主君と風呂に入っているのだよな……。

「そういえば自分は一応一回入ったっすけど、それ以来は無いっすね」

「でしょ？　でも、シロとウェンディとはたくさん入っているのよね……」

「いやーでも、ウェンディとシロが押しかけてるとかじゃないんすかね？　ご主人も押しかけられたら追い出せないと思うっすし」

「……以前、主君が風呂に入るタイミングで私も脱衣場に入ったのだが、追い出されたぞ？」

あの時はショックだった……。

今までは我々は材料収集があるので、帰り次第風呂に入らせてもらっていたからタイミングが合わないだけだろうと思っていたのだが、さりげなく後ろからついて行き、主君が下着を脱ぐところで気づかれ、追い出されてしまったのだ……。

「ア、アイナ……かなり積極的な事してたんすね……」

「そうか？　主君の背中を流して差し上げたいと思うのは普通だと思うのだが……」

「でも裸見られちゃうのよ？」

「それはそうだが……。ふむ……そうだな。やはり私にも羨ましさがあったようだ」

ウェンディは主君の背中を流しているのだろうなと思うと、私も流してみたいと思ったのだろう。

「やっぱり、しょうがないけどウェンディ達とは差があるわね……」

「まあ、自分達は犯罪奴隷っすからね。身分的にも、ウェンディ達とは違うっすし仕方ないっすよ」

「うん……。そうよね……ごめんね？」

「あーあーそういうアレじゃないっすよ？　誰が悪いとかじゃなくて、仕方ないってだけで……」

「うん、わかってる……。でも、犯罪奴隷なら、尚更(なおさら)もっとエッチな要求があるものだと思うのよね……」

それもわかる。

主君はその……控えめに言ってもエッチな性格だ。

それは、同室であった際に生足での膝枕を要求したことからもよくわかる。

主君が喜ぶのなら私もなんだって……と思うのだが、主君から求められないのではな……。

「んんー自分は太ももとかお尻との境界線はよく触られるっすよ？　こう……ズボンの隙間から指が入る感じで……」

「それはレンゲが好きにしていいって言ったからでしょ」

「そりゃあそうっすけど……」

「それに、触られるくらいでしょ？　それ以上は無いじゃない。……私にはそれすらもないけど……」

それ以上……つまりは、夜伽（よとぎ）やお風呂に誘われるような事という意味だろう。

確かに、主君からはその一線を越える気配が見えないな。

「アイナも、同じ部屋だったのに何もなかったんでしょう？」

「……ああ。膝枕はさせてもらえたのだがな。風呂も、同衾（どうきん）も無かったよ」

期待……というよりは、覚悟はしていたのだが無駄に終わってしまった。

とはいえ、あれはあれで主君と沢山話せたので良かったとは思うのだが……。

それに、主君に膝枕をしていたら主君が寝てしまって……その、手が私の……。

「アイナで駄目なら……私達でも駄目でしょうね」

「っすね……」

「む？　なぜだ？」

二人は私よりも可愛らしいのだし、断定してしまえる事ではないだろう。

むしろ私よりも男性の心の機微にも詳しいのだし、可能性は高いと思うのだが……。

「……嫌味かしら？」

「多分天然っすよ」

「なんだ？　なんなのだ？　何故（なぜ）私で駄目なら二人も駄目なのだ」

「そ・れ・は！　これがあるからよー！」

「なっ！」

ちょ、こら、胸を乱暴に摑むな！　揉むな！

振り払うと庇う様に胸を抱き、突然揉みしだきだしたソルテを睨む。

「おっぱいっていう主様を籠絡する最適な武器を持っているアイナが駄目だったら、小さい胸の私なんて見向きもされないでしょ！　自分で言わせないでよ！」

「これは……仕方ないだろう。好きで大きくなった訳でもないのだ。それなのに何故怒る……」

「わーん。レンゲー……」

なぜレンゲの胸に泣きつく。なぜレンゲも私を非難するような目を向けるのだ。

胸が大きいと戦闘の際も邪魔であるし、胸の下が汗ばむわ肩は凝るわで大変なのだぞ。

「よしよし。今のはアイナが悪いっすよ」

「何故だ!?」

何故私が悪いのだ！　ただ、理由を聞いただけなのに！

「いいっすかアイナ。アイナはウェンディに勝るとも劣らない立派なものを持ってるんすよ。ご主人はそれが大好きっす。つまり、持たざる自分とソルテじゃあ……って痛い！　ソルテなんで胸摑むんすか!?　今ソルテの代弁をしてって、や、ちょっとぉ!?」

「……レンゲも意外とあるじゃない」

ソルテの五指がレンゲの胸をしっかりと摑み、形を変えさせるようにしっかりと動かすと、レンゲが悶え始める。

……私もあんな感じで悶えていたと思うと、少し恥ずかしくなるな。

「そんな、触るもの皆傷つけるように誰にでも噛み付いちゃ駄目っすよ！」

「ううう……だって、アイナは大きな胸があるし、レンゲは胸もそこそこで太ももを気に入られてるし……。わたしぺったんこだし、主様が気に入る部位がないんだもん！」

「「……」」

「せめて何か言ってよ！」

「いや、あの……えっと……あ！　そうっすよ！　この前ご主人に尻尾をマッサージしてもらった時にご主人がお尻をじいっと見てたっすよ！　ソルテのお尻は小さくて丸くて可愛いっすよ！」

「そういえば、あの時形のいいお尻って褒めてくれた……」

「ほらほら！　じゃあお尻推しで行けばいいんすよ！　あの時のソルテたんはエロかったすから絶対いけるっすよ」

「でもあの時も触ったら噛むわよって言っちゃったのよね……。そういうあんただって悶えて甘い声を漏らしてたじゃない！っていうか、あんたは触られてるだけちょっと進んでるし……」

「……二人とも、私には積極的だなんだと言っておいてそんな事をしていたのだな」

私は知らされていないぞ？

二人だけだなんて、私だけ仲間外れか。

「や、あー……」

「あ、あれは、違うのよ……？　主様が尻尾が触りたいって言ってたから触らせただけで……」

それの何がどう違うというのだろうか。

主君にマッサージをしてもらうとか……主君の手で気持ちよくしてもらうとか……そんなのずるいじゃないか。

「そもそも、人の胸をどうこうと言っていたが、二人には尻尾と耳があるではないか。主君は獣人の尻尾と耳が大層好きなようだが、申し開きはあるか？」

「「……ありません」っす」

ふん。私だって……獣耳と尻尾があればと何度思った事か……。

「なんだ、アイナも羨ましく思ってたのね」

「ああ、当然だろう」

ソルテのような細い腰や小さなお尻も、レンゲのような太ももや奔放さも、ウェンディのような優しさや柔らかさ、シロの自由さや可愛さなど羨ましいものばかりだ。

だが、私は私なのだから仕方ない。

不器用な事はわかっているし、すぐに変えられるようなものでもないのだからな。

「はぁ……でも、結局皆好かれる所の一つはあるはずなのに、手を出されていないのが問題よね……」

「そうだな……」

「やっぱり、どこか一線引かれてるのよね……」

「触ったり、ある程度はセーフって事っすかね？　でも、それ以上となると……って事は、やっぱり直接言わないとっすかね？」

「……そうなるんだけどね」

途端にソルテの眉尻が下がり、耳も尻尾もへたり込んでしまった。

「でも……ごめん。それはまだ勇気が出ないの……。断られたらと思うと、あんな事しておいて本気？って顔されたらって思うだけで心が死んじゃう……」

胸を押さえて泣きそうな顔になるソルテ。

気持ちはわからなくは無いが、主君ならば大丈夫だろうと思うのだが……レンゲが少し困ったような顔で私を制するので口を噤む。

「なるほどっすね。じゃあ、その勇気を出すために大会に出たかったって事っすか？」

「……うん。優勝したら自信がつくと思う。私達は凄いんだって。主様に必要だと思ってもらって、勇気を出せるようにしたいの……。二人はそんな事ないよね……。主様に伝えようと思えば伝えられるよね……。巻き込んじゃってごめんね」

なるほど。そういうことだったのか。

どうりで大会などの他者の評価などには興味の無いソルテがやる気になっているわけだ。

我々の中で誰よりも乙女なソルテだから……きっと、一歩を踏み出すきっかけが欲しかったのだろうな。

「……そうでもないさ。ソルテの気持ちも良くわかる。私だって……いざ主君を前にしたら踏み出せるかわからない。大会で優勝したらと、発破をかけるのもいい案だと思うぞ」

「っすね……ご主人がいくら優しいからって、そりゃあ怖いもんすよ。きっかけを手に入れるってのは、いいと思うっす」

「うん……ごめんね」

「そんなに謝る必要なんてないっすよ。自分達はパーティなんすから、どんな時も一緒っすよ。さあ、そうと決まれば明日も特訓っすよ。目標はかなり高いっすし、明日は集中してやるっすよ」

「うん……せめてシロに本気くらいは出させて見せるんだから！」

「ああ。頑張ろうな」

そうか……そういう思惑があったのだな。

主君に思いを告げる……確かに、少しだけ怖さはあるな。

主君を想う気持ち。

こんな気持ちは初めてだ。初めてだらけだからこそ怖い。

だから……私も優勝する事が出来たら一歩を踏み出そう。

それにしても、ソルテは随分と変わったものだ。

初めて主君と出会った頃と比べると、可愛らしくなったと思う。

私も……少し大胆になっただろうか。

恋をする……なんだか不思議で、とても魅力的で、少し怖い。

だが、悪くない。

この気持ちは悪くないものだ。

次の日、三人でシロに鍛錬をお願いすると、主君と一緒にいたかったシロはあからさまに嫌そうな態度であったが、しぶしぶ了解してくれた。

「はぁぁぁっ！」

「ん……昨日より動きがいい」

ソルテの槍も昨日よりもずっと冴えている。

我々もソルテの動きに合わせてシロを追い、少しずつ追い詰めていく。

「当たり前でしょ！　日々成長してるのよ！」

「ん？　お胸はぺったんこのまま」

「うるさいわね！　あんたもでしょう！」

「シロは子供だから。これからバインバインになる」

「私は見込みないって言いたいの!?っていうか、戦闘中に余裕持ちすぎよ！」

「ん。昨日よりはいい。でも、シロにはまだ届かない」

ああそうだな。

本当に、シロとの鍛錬は面白い。

これだけのコンディション、三対一という優位性もある中でよけ続けるのかと驚愕を隠しえない。

だが、

「まだまだ行くっすよー！」

「ああ。せめて少しは本気をださせてみせよう！」

この日も残念ながらシロに本気をださせることは出来なかった。

だが、昨日よりも疲れた様子で、少し汗もかいていたようだ。

小さな進歩だ。

だが、今日の鍛錬は充実したと頷ける。

一歩一歩、近づいていくからな。

いずれは……シロが隠す力を出させて見せるぞ。


王都一武術大会は三人対三人のチーム戦と、個人戦で日にちが分かれる。

アイナ達がチーム戦で、隼人とミィが個人戦なのでどちらも見ることが出来る訳だ。

そして、今日はチーム戦の日。

で、俺は何をしているかと言えば……。

朝からアイナ達は軽めの運動をして準備を万全に調整している。

「大きめの、お弁当箱に。サンドイッチぎっしり詰めて。チキンのあぶりとマッシュポテト入れて。ベーコンで、巻いたアスパラガス、トマトも巻いてっとふふんふーん」

そう。ピクニックさながらのお弁当作りである。

勿論デザートだって忘れない。

「お、お兄さんノリノリですね」

「んー？　まあお弁当ってなんかテンション上がるしな」

「そのエプロンで鼻歌はなかなか衝撃的ですよ……。私は慣れてしまいましたが」

　おっと、そういえばまだフリフリのエプロンだった事を忘れていた。

　……もう別にこれでいいかな？　クリスとウェンディくらいにしか見られないし、クリスはもう慣れたようだし、ウェンディは気にしていないどころか可愛いときゃあきゃあ言っていたし。

「私は可愛いと思いますけど……」

「ウェンディさんの目はおかしいです……。私は隼人様がこのエプロンをつけるのは想像できません……」

　いや、隼人の方が美形だし似合うと思うぞ？

　その際はウィッグと化粧で完全に女装させれば問題なく美人で似合うと思う。

「あ、ご主人様。スープ出来ましたよ」

　オオモロコシのコーンスープが出来たようだ。

「どれどれ……ああ……美味（うま）いな」

　このオオモロコシ、ようはとうもろこしなのだが一粒がでかい。

　しかも花びらのように実がなり、一つの茎から四粒しか取れないのだ。

　だが味はそのままとうもろこしの上位互換である。

　粒粒感の無いコーンスープはどうかとも思うが、味がよければまあいいだろう。

オオモロコシを潰してこして、牛乳を少し。

あとはバターと塩と胡椒、それと出汁系なのだが、固形コンソメはないので朝食に使うスープを借りて、十分素材を生かした甘みの強いとろっとしたスープが出来上がった。

「ウェンディ、ふー……ふー……あーん」

「あーん」

スープが少し熱かったので小皿に移して冷まし、口元へ持っていくとゆっくりと唇をつけて音を立てずに吸い込むウェンディ。

「……相変わらずお熱いですね。私ももらいますね」

流石にクリスにふーふーとあーんをする訳にもいかず、クリスもそれをわかってか自分で掬って飲み込むと、ほわぁっとした表情を浮かべた。

「凄く甘くて、ほっとする味ですね……」

「ああ。これがまたパンに合うんだよな……。よし。冷める前に魔法空間に入れちゃうぞ」

「便利ですねえ魔法空間……」

魔法空間に入れてしまえば温かいまま保存できるからな。

会場でサンドイッチと温かいスープというのも乙なものだろう。

「なんだかとんでもなく多くなってしまいましたね……。食べ切れるでしょうか……」

「大所帯の観戦ですからね。アイナさん達もお昼には来るでしょうし、これくらいでちょうどいいと思いますよ」

「そうだな。むしろ少し足りないかもしれない。シロがどれだけ食べるかだな……」

ええ……と驚くクリスだが、少し考えて普段のシロが食べる量を思い出したのか半笑いで納得したようだった。

「おはようございまっぷふうぅっ！」

「……隼人？　人を見るなりいきなり噴き出すのは失礼じゃないか？」

「いやだって！　なんでまだそのフリフリのエプロンを着ているんですか!?」

「一周回ってこれでいい気がしてきたんだ……」

「気を確かに！　というか、クリスはよく笑わずにいられますね……」

「えっと、もう慣れてしまいました……」

「慣れ……」

隼人が凝視してくるので、せっかくだからポーズを取ってみよう。

両手を拳に握り、顎の近くまで持っていって小首を傾げてウィンクをしてみる。

どうだ？　プリティーでキュートだろう？

本来ならば有料だゾ。

「あ……僕、朝食はあっさりしたものをいただきたいです……」

「遠慮するなよ。厚切りのベーコンを用意してあるからな」

「ええ!?　うう……いただきます……」

朝はガッツリ食べないと力が出ないからな。

朝を抜くと、その日一日の元気の最大値が下がるのだ。

「そういえば、隼人は何をしに来たんだ？　つまみ食いか？」

「いえいえ。今日は朝食を取ったらお先に会場に行かなければならないので、言っておこうと思いまして」

「そうなのか？　一緒には行けないのか」

「申し訳ございません。観戦席の準備が必要でして……」

準備？　観戦席の準備ってなんだろう。

あれか……パイプ椅子的なものを並べ……るわけはないか。

まあ、隼人は忙しそうだから、色々あるんだろう。

「了解。お弁当も用意したし、準備は万端だぜ？」

「はは。楽しみです。あ、これ美味しそうですね。ちょっと食べてもいいですか？」

「なんだ、やっぱりつまみ食いじゃないか」

「このアスパラベーコンが悪いんです。おお……予想を裏切らない味ですね」

「それクリスが作ったんだぞ。日本人好みの料理も仕込んでるから、今後出てくる料理を楽しみにするといいさ」

「うふふ、隼人様の故郷の料理をいっぱい習いました！　でも、『おしょうゆ』や『おみそ』がないと作れないものも多いのですよね……」

「まあ、乾物で出汁をとって塩で味付けすれば出来るものも多いし、色々食べさせてやりなよ」

「はい！　隼人様にいつか『毎日ミソシルが飲みたい』って言われるように頑張ります！」

「おう！　がんばれよ！」

「ちょっとイツキさん、何を教えているのですか……」

「日本人の常套句だ。クリスに対して愛情がＭＡＸになったら言ってもらえる魔法の呪文だと教えてある」

定番も定番のド定番だからな。

クリスは料理が美味いし、さぞ美味い味噌汁を作るだろう。

一番の問題は味噌がないことだが……。

まあ、最悪お吸い物でも大丈夫だろう。

作り方は教えてあるしな。

「ま、まあクリスの作るお味噌汁なら毎日飲みたいと思いますけど……」

「隼人様ぁ！」

パァァアアアッと背景が輝くように笑顔になるクリス。

最近クリスと隼人の絡みしか見ていないが、しっかりと他のメンバーのケアもしているのだろうか。

まあ俺が料理や隼人とお茶をするので必然的にクリスといることが多いせいかもしれないけど。

「はぁ……いいですねえ。なんというか、むずむずしてしまいます」

「んだな。青々しくて、若々しいねえ」

「まだお若いでしょうに何を年寄りくさい事を言っておられるのですか……」

突然後ろから声をかけられてびくっとするが、誰かは一瞬でわかる。執事長のフリードだ。

この男、気づいたときにはそばにいる事が多く、いつの間にか現れるのだ。

どうやって？　と聞くと、執事ですので。と返されるのだが、そんな執事を俺は知らない！

「フリードもつまみ食いか？」

「いえ、主の幸せな気配がしたもので」

それを見に来たと……？

気配も感じさせずいつの間にか後ろに現れたのもそのためだと？

「なら、この光景どうよ？」

クリスが満面の笑みで隼人の顔を見つめ、隼人はこちらの視線を気にしつつもしっかりとクリスの笑みに応えている。

なんか背景すらぽわわっとしているようにさえ思えてくるな。

「大変仲睦(むつ)まじくてよろしいかと。隼人様もレティ様方も帰ってこられてから本当に幸せそうにお笑いになります」

「んだな。仲良き事は美しきかなだな」

「良い言葉ですな。覚えておきます」

真面目だねえ。

それにしても、レティ達もってことは、俺が見ていないだけで平等に愛しているようだ。

俺の心配は杞憂で良かったよ。

しかしまあー熱い熱い。

目の前の光景があまりにも熱いから、ついつい厚いベーコンを二枚焼いてしまいそうだ。

お残しは、許さないからな？


隼人がレティ達を伴って先に行ってからゆっくりと準備をし、俺達に用意された馬車に乗る。

御者はフリードではなくメイドさんの一人で、大人しく知的な女性の雰囲気を放っていたので、おそらくメイドとしての地位は高い人なのだろう。

「主、主、お弁当たくさん？」

「そうだよ。でも、試合に出るのはアイナ達だからな。ちゃんと残しておけよ」

「……保証しかねる」

「なんでよ。ちゃんと保証してよ。お腹ぺこぺこで敗退とか嫌よ？」

「むう。じゃあ一回戦で負けるといい。お腹空かない」

「嫌よ！　なんで、あんたのご飯のために一回戦で負けなきゃいけないのよ！」

むむむっと顔を突き合わせる二人。

何もこんな日まで喧嘩しなくてもいいのにな……。

「わかったわかった。あとで屋台でも何か買うから、素直に応援しようぜ」

「屋台……ん。頑張れ。ほどほどに」

「一言余計なんだけど！　まったくもう……」

どうやらもう疲れたらしい。

はあ、とため息をつくとこれ以上は絡まれないように窓の外を見つめているようだ。

で、なぜか膝上によく感じる温かくて柔らかい感触が……。

「……おい、シロ。ナチュラルに膝上に乗るなよ。危ないだろう」

「ん。ここはシロの定位置。大丈夫。急に止まっても対処できる」

いや、対処は出来るんだろうけど……家の中ならともかく外でというのは誰に見られるかもわからないから恥ずかしいんだが……。

「そうじゃなくてだな……」

「アイナ！　今がチャンスっす！　ご主人の隣が空いたっすよ！」

「はっ！　そ、そうか。これがチャンスなのか！　シロのあまりに自然な動きに見とれている場合ではないのだな！」

「そうっすよ！　あー！　シロが自分の前の席なら自分が行ったんすけどねえ……もう、ガッチリ腕を組んでるウェンディじゃあ……まず離れないじゃないっすか！」

「離れませんよ？」

いやアイナも移動中の馬車で立ち上がるんじゃないよ。危ないだろう。

吊革（つりかわ）なんて便利なものはないんですよ！

それとウェンディさんもさっきまでは優しく包み込むように腕を抱いていただけだというのに、

レンゲに譲る気はないと言わんばかりにしっかりと抱きつきだしていた。

「悪く思わないでくれ。これも運というやつだ」

そう言いながら素早く移動してくるアイナ。

これでシロの戻る席がなくなり、シロは俺の膝上から動かないようで深くしっかりと座りなおし始めたよ。

アイナはウェンディが抱きしめている反対側の腕を見て、自分側の腕をとるときゅっと弱弱しく俺の腕を抱く。

それを見たウェンディが対抗心を燃やしたのか、先ほどよりも更に強く押し付けるようにぎゅっと抱きしめ始め、更にそれを見たアイナがまた痛くならない程度に力を強めた。

その結果どうなったかといえば、俺が幸せになった。

アイナはまだ鎧をつけていないので両肘に感じる柔らかいおっぱいの感触がダブルなのだ。

おっと危ない。そういえばシロを膝の上に乗せているのだった。

更には正面にはジト目のソルテ。

鼻の下を伸ばさないように意識を高めないと！

「おおお……。なんか、無駄に凄い光景っすね。おっぱいがぐにーってなってるっす……」

「ふん……。なんか美女を侍らせてる悪徳貴族にしか見えないんだけど」

「じゃあ自分達は扇を持って扇ぐか、フルーツの盛り合わせでも持ってるっすか？」

「嫌よそんな端役……」

「っすね。どうせなら自分は膝枕係をするっす」

「……その場合私はなにをするのよ？」

「おっぱい……はダメっすね……。えっと……踊る……？」

美女に囲まれながら膝枕されて踊り子服を着たソルテの踊りを見られるの？

え、なにそれ凄い。

いや、趣味ではないけど一度くらいならば見てみたいかもしれない。

「踊り……裸でリンボーダンス……胸がこう……ギリギリで……」

思わず頭に浮かんだ光景を呟いてしまった……。

しかし、見てみたいという欲は止められない。

出来れば正面から見てみたい！

「っ！　アイナ！　代わりなさい！　アイナが私達のおっぱい要員でしょ！」

「どういう意味だ！　私の価値はおっぱいしかないとでも言うのか!?」

「そうとは言わないわよ！　でも嫌な予感がするの！　胸がどうのなんだから、アイナの方が喜ばれそうでしょ！」

「リンボー……は良くわからないですが、ご主人様が楽しそうにしています。きっとエッチなことですね」

「ん、主の頭の中では既にソルテが裸で踊ってる。リンボー？　棒を使う？」

「お、シロいい線いってるぞ」

「いやあああ！　アイナ！　代わってお願いだから!!」

「そもそもおっぱい要員とはなにをするのだ！」

「知らないわよ！」

「んー……主が『おっぱい』と言ったらぺろんっと見せるんすかね？」

なにそれ凄い。

その要員凄く良いと思います。

ナイスだレンゲ！

「ん？　なんすかご主人！　自分良くやったっすか？」

「ああ！　素晴らしい提案だ！」

「素晴らしくないわよ！　ただの変態じゃない！」

「ん？　主おっぱいが見たいの？　ならシロがいつでも――」

……シロが自分の服をずらして見せようとしてくるのを普段の俺なら手で制して止めるだろう。

まあ今は両腕を取られているので止められない。

だが今は、それよりもずっと気になっていた事に突っ込ませていただこう。

「……シロ。今まで耐えてきたんだが、どうしても言わせてほしい事がある。せっかくだから皆にも聞いてほしい。俺の基準では揺れないおっぱいは……おっぱいじゃないんだ！」

「ふぅあっ！！？　じゃ、じゃあシロのは……」

「それは……『ちっぱい』だ……」

「そんな馬鹿な……主ならおっぱいは、大きくても小さくても構わないはず……」

「ああ、別に俺はどっちも好きだ。大きなおっぱい。小さなちっぱい。どちらも好きだ。だが、『おっぱい』は『大きなぱい』でないといけない……。『小さなぱい』は……『ちっぱい』なんだ……」

大きなぱいだからこそ、おっぱいであり小さなぱいだからこそ、ちっぱいである。

これはあくまで俺の持論だ。

今までは俺の持論だからと我慢してきたのだが、もう俺は全統一でおっぱいと呼ぶと言う苦行に耐えられなかったのである……。

「アイナはおっぱい？」

「おっぱいだ」

「ソルテのは……」

「ちっぱいだ」

「レンゲ……」

「ぱいだ」

「ウェンディは当然」

「おっぱいだ！」

「驚愕の事実……シロのは……おっぱいじゃなかったとは……」

ショックでうな垂れるシロを見て申し訳なく思う。

だが、どうしてもこれは譲れない。

実はおっぱいは……誰に対しても等しいわけではないんだ。

大きくても小さくてもいい。

どっちだって柔らかくて素敵だ……それは勿論変わらない。

だが、極端に巨乳嫌いではない限り、大きいにこした事はないのだ……。

なぜなら、あの感覚だけは他のなにものにも代えようがないのだから……。

「好き勝手言ってんじゃないわよ！　何がちっぱいよ！」

「ちょっと待って欲しいっす！　『ぱい』ってなんすか!?　なんか突然無個性突きつけられたみたいで凄い嫌なんすけど！」

「ふむ。私のはおっぱいなのだな……」

「私のは当然おっぱいです。ご主人様のおっぱいです」

「シロのは、主のちっぱい……ん。主は小さいのも好きと言ったから、多種多様で良しとする」

そう。皆違って皆いい。

それに女性の価値はおっぱいだけでは決まらないよ。

だから小さくたって元気を出すんだソルテ。

普通サイズが一番って話もあるぞレンゲ。

「お客様。そろそろ停止いたしますので……」

「あ、はい。えっと変な話ばかりして申し訳ない……」

そういえば御者さんもいたんだった！

フリードならともかく女性でしたね！　世が世なら訴えられますよねごめんなさい！

「いえいえ。……私のはおっぱいだとわかって何故か少し嬉(うれ)しくなりましたから」

確かに……大きい……。

ええ、貴方(あなた)のは立派なおっぱいです。

って、何を初対面の人のおっぱいを凝視しているんだ俺は！

「ぱいだけは……なんか嫌っすぅぅ……」

「いいじゃないちっぱいより……」

「ソルテ、元気出す。主は小さくても気にしない」

「はぁ……。そうだろうけど、響きからしてなんなのこの敗北感」

「それはわかる。今はちっぱい連合で頑張ろう」

「一人より二人って事ね。そうね。組んであげる」

「あら、それでしたらアイナさん。私たちはおっぱい協定を結びますか」

「そうだな。シロとソルテが相手ならばその方が良さそうだ」

「……あれ？　うわあああああん！　自分だけ独りっす！」

「うふふ、面白い方々ですね」

「あははは……で、では失礼します！　お前ら行くぞ！」

早急に、早々に、迅速に最速でこの場を離れるぞ！

「はーい。行ってらっしゃいませ」

俺の気持ちを察してか恭しく頭を下げて送り出してくれるメイドさん。

もう本当、すみませんありがとうございました！

今度何かお礼の品でも持っていきます。

持っていかせてください……。

さて、馬車から降りてすぐさま移動しようと思ったのだが、闘技場は目の前だった。

貴族用の馬車が並ぶ場所だったらしく、メイドの彼女は行ってしまい、後ろからは貴族らしき方々が俺達を追い越していく。

「はぁー……凄いな……」

目の前にあるのは十人以上が同時に入る事の出来る巨大な入り口。

そして円形に平がる巨大な建造物だ。

イタリアのコロッセオを現代に再現したような感じだろうか。

実物は見た事がないので、断言はできないが多分そんな感じだと思う。

こう……この世界じゃ現役のものなのだろうけど、大人になると歴史的建造物って心にクルものがあるんだよな。

寺とか城とか、学生の頃の修学旅行じゃ興味なかったが大人になるともう一度改めて見に行きたくなるんだよ。

「そこの田舎者。いくら闘技場を初めて見たとはいえ止まるでない。邪魔であるぞ」

「おっと、これは申し訳ない」

足を止めてぽかーんとして見る俺はあまりにも田舎者っぽく見えたのだろう。

通り過ぎ際に貴族の男が軽く小馬鹿にした笑みを見せた……と、思いきや、俺の胸元の紋章を見るや否や顔を背けながらペコペコと頭を下げて去っていった。

ああ、そういえば俺の胸元には隼人の紋章がついているんだった。

これをつけていないと貴族用の席には行けないらしく、常につけておくようにと言われていたのである。

……しかし、かなり偉そうだった貴族があんなに小さくなってぺこぺこ頭を下げるとは……隼人の紋章恐るべしだな。

とはいえ、確かにここで立ち止まっていては邪魔だろう。

「主、外に屋台が並んでる！」

「まずは隼人達に合流してからな」

「自分達も昼はそっちに行くっすから、観戦席までは一緒に行くっすよ！」

「ああ。わかった」

「それにしても人が多いわね……」

「そうだな。やはりこういった大きな行事は楽しみなのだろうな」

「民衆にとっては貴重な娯楽っすからね！　自分もやっぱりお祭りや大きな行事は上がるっす

よー！」

確かにレンゲの言うとおり、心の中で高揚感が高まっていくように思える。

うきうき？　わくわく？　逸る気持ちを抑えながらも、足が普段より心なしか早くなっている気がする。

「貴族様用の通路はこちらになります！」

大きな入り口は中央で左右に分けられており人が多い右の道が一般用の入り口、人が少ない左の道が貴族用の道となっており中央に案内をしている騎士がいるようだ。

流石に貴族を一般と共にあの人ごみに紛れさせるわけにはいかないための配慮なのだろう。

そしてそんな空いている道を歩むと、当然一般側からの視線を受ける事となる。

「視線が突き刺さるな……、というか妙に俺が見られている気がするんだが……」

「そりゃあ、これだけ美人が揃ってるんだから当然でしょ」

ああ、なるほど。

そいつはもっともだよな。

「それに私たちを知ってる人もいるでしょうしね。これでも一応名の知れた冒険者なんだから」

「ん、それもあるけどウェンディの魔乳が悪い。男は本当に脂肪が好きで困る」

「魔乳ってなんだよ……」

それに言っておくが脂肪といっても腹と胸についているものではまるで違う。

まるで！　違う！

「魔乳は男を惑わす魔性の乳」

「あら、私のおっぱいはご主人様を惑わすだけですよ？　ご主人様専用ですから」

「むう。なかなか応えない」

「ええもちろん。他の男性の視線や評価など私には必要ありません。ご主人様に気に入っていただけるのであればそれだけで十二分に満足ですから」

「勿論俺は気に入ってるが、他の男に無作法な視線を向けられるのはちょっと嫌だな」

「それでしたらこうすればいかがでしょうか？」

そう言って俺の腕を抱きしめるようにするウェンディ。

その大きな胸を隠しているつもりなのだろうが、男にとっては腕に押し付ける事によって形を変える胸は魅力にしかならないだろう。

更に言うならば、視線の圧力が強くなっていくのが良くわかる。

「ほら、アイナさん。反対側が空いているのでチャンスですよ。協定を結んだのですから援護します」

「ああ……だが人目があるのだが……」

「遅い。その一瞬の躊躇(ちゅうちょ)が全ての勝敗を分けるという事実に気がついていない時点で相手にとって不足しかない」

「そうねアイナ。あんたに負けるわけにはいかないの！」

それだけ言うと反対側に衝撃が走る。

察するにシロかソルテが突撃してきたんだろうな。

「あらシロ。連合を結んだからってここを譲る気はないわよ?」

「ん、別にいい。シロはこっちに行く」

そう言うと背中側からよじ登り、俺の肩から足を出して首の後ろに座るシロ。

「主と合体」

「シロ! 公の場でご主人様の上に乗るなど失礼ですよ!」

「主、ダメ?」

「別にいいよ。ただ暴れるなよ」

「ご主人様、あまり甘やかしたらダメですよ……」

「ウェンディは絶対に乗れないから羨ましいだけ」

「べ、別にそんなことはないです。それに、私は既にご主人様の上には……」

「ウェンディ、ストップだ」

それ以上はいけない。

周りを良く見てみると、殺意と血涙と歯軋り(はぎし)の気配がする。

もう前以外見れないよ!

「うう、このままじゃまたオチ扱いされそうっす……。こういうのはソルテが適任だと思うんすけど……」

「レンゲ……私も取り残された側だぞ」

「しょうがないわよ。アイナ、レンゲ、世の中早い者勝ちなのよ」

「もうこうなったら前から抱きつくしか！」

「流石に俺が潰れると思うんだが」

「ううう！　八方塞がりじゃないっすかああ！」

そう言われてもな……。

それに前からしがみつかれたら流石に変だろうよ……。

って、あ、こら首にしがみつくな。

足を腰側に絡ませるな！

歩きづらい……。

そのまま進んでいくと、貴族側の道には上りの階段が現れる。

どうやら貴族席は階段を上った先にあり、一般席はそのまま一階に広く並ぶようだ。

ライブなんかでは一階の方が良い席といわれるが、貴族は優雅に見るのが美徳と考えて上からなのだろうか。

「あ、イツキさん！　こちらでって……また凄い事になってますね……」

それは今の俺の状況を言ってるのかそれとも一般列に並ぶ人たちの視線のことを言っているのか、はたまた両方かと聞いてみたいところなんだが、うん。聞かなくてもわかるからいいや。

「ほら、ひとまず降りろ……貴族席ってことは他の貴族達の前を歩く事になるかもしれないのだから失礼かもしれないだろう」

「んー……。シロはいい？」

「だーめ。なんでシロだけいいと思ったんだ……」

「子供っぽければ許されると思ったのに……」

わからなくはないが、今回はやめてくれ……。

隼人の近くだとどんな爵位の高い相手がやってくるかもわからないしな。

「あはは……えっと、それじゃあ向かいましょうか。他の皆が先に席で準備をしていますので」

「準備？　ただ座ってみるだけじゃないのか？」

「一般席はそうなのですけど、貴族席はまた少し特別で……まあ行けばわかります」

「そうだな、じゃあ行きますか」

こうして俺達は一般客の様々な意味の籠った視線を背中に、隼人が用意してくれた席に向かうのだった。

そして着いた先に待っていたのは驚きの光景……。

「え、こういう感じ？」

「ええまあ……貴族の要望、というかわがままの結果こうなったようです」

席についてまず驚いたのは椅子が隼人の家にあった見覚えのあるソファーだった事だ。

それが二組あり、間には小さな円形の机。

それとカーペットが敷かれており一つのスペースがかなり広く取られている。

しかも区画が全て整理されており、ココは一番前なのだが後ろを見上げると何処も同じように分けられているようである。

「お兄さんたちはこちらをお使いください。それとお弁当や屋台で買ってこられた物はこちらにおいて食べながら観戦できます」

「なるほどな……。なんというか、家でテレビでも見てるような感じだな……」

「なんでも貴族の方が地べたに座りたくないとおっしゃり、ソファーを用意させた後に利便性を求めた結果持参ならば可能となったそうです」

「ってことはやっぱりこれ隼人のところのソファーか」

「そうですね。僕達は魔法の袋があるので楽に済みましたけど……」

そう言って隼人が後ろを見ると、数人の男がソファーを運んでいるところだった。

その横では貴族と思われる男が待機しており、周りの人が慌ただしくカーペットを敷き机を運び込みと忙しそうである。

忙しそうな人たちの首についている首輪と手の甲に奴隷紋があるので、彼らはあの貴族の奴隷なのだろう。

「貴族なのに魔法の袋を持っていないのか?」

「魔法の袋は持っていても、あのサイズのソファーが入る魔法の袋はないのでしょうね……」

あーなるほど。

そういうことか。

やはり魔法の袋は大事だったな。

空間魔法を取得していて良かった。

「さて、それじゃあ主様達はここで観戦するのよね？　お昼はこっちに戻ってくるから、私達は控え室に行ってくるわ」

「ああ。頑張れよ」

「……うん。頑張ってくる」

シンプルにそれだけ言うと踵を返して控え室に向かうソルテ。

「ではな」

「行ってくるっすー！」

優しく微笑むアイナに、元気満々だと腕を上げるレンゲがついて行き、その背中を見送った。

「さて、まだ始まるまで時間はあるのかな？」

「そうですね。一般の入場も完了していませんし、まだ時間はありますよ」

「それじゃあ屋台でも冷やかしてくるか……」

「ん！　行く！」

「え、朝あれだけ作っていたのに足りないんですか？」

「まあ、シロもいるし参加している三人もたくさん食べるだろうしな。余ったら魔法空間に入れて明日食べてもいいしさ」

今日買っておいても明日出来立てが食べられる素晴らしさよ。

こういうお祭りでの屋台はついつい買いすぎちゃうんだがその心配もないという素晴らしいスキ

ルだ！

流石は伝説級の空間魔法。

使い方は家庭的だけれども。

「主！　行こー！」

「では、私はこちらでご主人様がくつろげるよう準備をしておきますね」

「おう頼んだ。それで、何を買う？」

「お肉！　アンド　お肉！」

「偏りすぎだろ……」

「肉なき日々に幸せは訪れない……。ゆえに、肉を食わねばならない」

「名言ぽく言えば納得すると思うなよ？　野菜も買うからな？」

シロの口が心底嫌そうにひん曲がるが、お肉はお弁当にもたくさん入っているので駄目だからな？


……で、だ。

外まで行き屋台を巡って大量に購入して魔法空間に収め、シロは自分が今食べる分を持って戻ってきたら……。

「遅かったな。早う座るが良い」

……なんかいる。

なんか見た事のあるちっこいのが満面の笑みでいる……。

「む？　どうした？　何を立ち尽くしておる。まさかまたわらわを無視しておるのか？」

「あ、いや……」

なんでこの子が、アイリスがこの場所にいるんだ？

隼人の方に説明を求めようと思ったのだが、隼人は隼人で豪華な衣装に包まれた美人さんの対応に追われておりこちらどころではない様子。

え、つまりはこの貴族のお嬢さんらしき相手を俺が対処するの？

と、とりあえず促されたとおりに座るか。

「どこに座ろうとしておる。こっちじゃこっち」

「え、いや、え!?」

ウェンディが座っているカーペットの方に座ろうとしたのだが、腕を引かれて無理矢理にソファーの方へと座らされてしまった。

「ここは隼人がお主の為(ため)に用意した席じゃろう？　お主が座らぬのは失礼じゃ」

「いやでも、アイリスと俺じゃ身分が……」

は、隼人……助けて？

なんか無礼を働きそうな気がするから助けて？

「ほらほら！　アイリスはここで見るのが決まったみたいですよ？　なら隼人様の婚約者である私もここで見てもいいではないですか！」

「シュ、シュパリエ様……」

「シュパリエ……で良いと、この前も申しましたよ？　ふ、夫婦なのですから！」

「あの、まだ夫婦というわけでは……」

「隼人様はお嫌なのですか……？」

「いえ！　そういうわけじゃなくてですね……。僕は冒険者もしていますから、いつ命を落とすかもわかりません。それなのに王様の娘である貴方と婚約者の段階で夫婦というのは……」

「相変わらず真面目なのですね。そういったところも大好きですけれど、でも、仮の話でも命を落とすなどと言わないでください……」

「あああ、泣かないでください。えっと、ど、どうすれば……」

だ、駄目だ！　隼人は役に立ちそうもない！

「どうした？　ほれそろそろ開会式が始まるぞ？」

「いや、あの……」

「……貴方は黙ってアイリス様の言うとおりにしていればいいのです」

「ひっ」

な、なんだ!?

背後から突然無機質で冷たい声が聞こえてきた！

振り向くとそこには超絶美人な黒髪ロングの女性が、冷たい目線を俺に向けてきていた。

な、なんだよう……。

バニー服が似合いそうな美脚の美人さんめ。

まるで虫を見るかのような目で見下されているのだが、俺が何をしたというのだろうか……。

「アヤメ……。威圧的な視線はやめぬか。全く……」

「失礼しました。私、アイリス様の護衛のアヤメと申します。アイリス様に近づく虫を排除するのが仕事なもので」

怖！　完全に初対面の相手を虫扱いですよ！

というか、俺から近づいた記憶が一切ないんですけど!?

「……そこの子供。私に対して随分な敵意を向けていますが、何か言いたい事でも？」

「ある。主を虫扱いされて、黙っていられるわけがない」

「ではどうすると？」

「どうすることも出来る。直ちに撤回を要求する」

んんんっ……！

シロが目を見開き、いつでもナイフが抜けるように構えだした瞬間にあっという間に殺伐とした空気が訪れたぞ。

しかも、俺の前と後ろで……。

「二人ともやめんか……。祭りに水を差すな。特にアヤメ。お主が悪いぞ。罰は覚悟せい」

「……失礼しました。虫というのは訂正させていただきます」

「シ、シロもおとなしくな？」

「ん。わかってる」

シロも謝罪し訂正をされたからか、手を出すのはまずいとわかっているからかしっかりと従い、ウェンディに頭を撫でられながらお菓子を頰張り始めた。

……実を言うと、一番圧力を出していたのはウェンディだったのだが、ニコニコと笑ったままだったので視線を向ける事すら怖かった……。

「すまぬなうちの護衛が」

「いや、こっちこそ悪かった……悪かったです」

「口の利き方が――」

「アヤメ……」

「……失礼しました」

「はあ……お主には詫びとして自由な話し方で良い。屋敷のような話し方をされるたびにアヤメが突っかかってはお互い疲れるだろう」

「なっ！　いけません！　こんな素性もわからぬ流れ人にそのような真似……！　平民相手に何をなさるのですか！」

「元はといえば、お主が粗相をした事が原因だ。これに懲りたらすぐ嚙み付く癖を直せ」

「ぐっ……失礼しました」

「うむ。というわけで、構わぬからな。楽にせい」

「……うん。そうさせてくれると助かる」

正直、こんなプレッシャーの中では応援どころではなかっただろう。

ただ、背後でしっかりと、くっきりと、ばっちりと舌打ちが聞こえたんだけど……。

はぁぁぁ……深いため息が出ざるを得ない……。

「すまんな。わらわは普通にお主と観戦をしたかっただけなのだ。迷惑であれば、よそに行くが……」

殊勝な態度を見せるアイリス。

……なんだかんだ偉そうな子供だと思ってはいたが、子供は子供。

子供にこんな表情をさせるわけにはいかず、それにアイリスが悪いわけではないのだからと、俺は慌てて空元気を見せる。

「ああ、いや迷惑ではないよ。大丈夫」

本当に迷惑ってほどじゃあないしな。

それに、前回不敬だったからとまた相手をするように仰せつかっているしな。

俺はこの大会が終わったらアインズヘイルに戻ってしまうので、今日を逃したら次がいつになるかわからないことを考えれば、一緒に試合を観戦するくらい構わないだろう。

「そうかそうか。では早速」

「へ？」

「っ！！？」「ア、アイリス様!?」

横でもぞっと動いたと思ったら俺のひざ上に座りご満悦な様子のアイリス。

ま、またですか？

しかもこんな公の、色々な貴族が周りにいらっしゃる場所でですか!?

アイリスのお父様！　どうか見ていないでください！

違うんです！　これは違うんです！　俺は幼女愛好家とかではないんです！

「ふぇー……落ち着く上に、良く見える。これじゃなやはり」

「な、何をしておられるのですかアイリス様!?　こんな公の場で……いえ、それ以前に自分のお立場をお考えください！」

「わらわの背では普通に座っては見えぬ。それに、今更わらわの立場がどうのという輩（やから）もおらぬだろう」

「それは……」

「……まあ、アヤメよりもこの場所に座るのが気に食わない者がいるようだが」

「ん」

まあ、普段からここに座っている子がいるからね。

当然……シロが俺とアイリスの前に立つ。

アイリスが俺の膝に座った瞬間、飛び出しそうになっていたのを俺は見逃さなかった。

「お主は……こやつの奴隷か」

「そう。シロは主の矛であり、盾。そしてそこはシロの場所」

「ふむ……出来れば穏便に事を収めたい。今回だけ譲らぬか？」

「駄目。そこだけは、シロの場所」

んんー俺としては穏便に、今回だけはアイリスにー……と言いたいところなんだが、普段シロが絶対占守とこの場所だけは譲らないように、いつでもここに座っているのを知っているのでなんとも し難い……。

俺の命令でもそれだけはきけないって言ってのけた程だもんな……。

まあ、降りろと言えば降りてはくれるんだろうけどさ。

「そうか……シロだったな。シロもここがお気に入りなのか？」

「ん」

「では、半分こするか？」

「ん……？」

「わらわが仮にここをどいても、貴族席である以上、奴隷のお主では他者の目もありここには座れぬだろう。だが、わらわが座ればお主も座れるようになるぞ？」

「んー？　シロ、座っちゃ駄目なの？」

俺に聞かれても困るが、貴族であるアイリスが言うのならそうなのだろうと目で答える。

「駄目……というわけではないが、シロの主が少し困った事になるかもしれん。格式高い貴族家では、たとえ借金奴隷であろうともこういった場で不遜な真似をする事を良く思わぬものもいる。そうなると、シロの主が目をつけられる可能性もあるという話だ」

「んー……それは困る……」

シロが途端に耳と尻尾を垂らして落ち込んでしまう。

やはり、この場がどういうところで、行動しだいではまずいこともあるとわかってくれているみたいだ。

「だが、わらわが一緒であればそれがまかり通るというわけだ」

「んん？　どうして？」

「わらわの地位はそれなりでな。それに、わらわの行動を制限出来る者などおらんと言っていい。だから、わらわと半分こすればわらわが命じた、または許可したと勝手に判断されるというわけだ。どうだ？」

「ん。座る。でも、いいの？」

「当然だ。わらわはシロの場所を奪うつもりはない。ただ、わらわもここを気に入ったので貸してほしいだけだ」

「わかった。なら、半分こいいよ」

……おお、なんか解決したっぽいけど、俺の膝の話だよね？

本人何の関与もせず、共有することが決まったみたいだけど、俺の足だよね？

「ん……片膝では少しバランスが悪いな……。それに、変なところが直接当たって、これはもうお主も大興奮であろう？」

「おお、大興奮……なるほど。片膝だとダイレクト……」

「ほう。シロはこやつが好きなのか」

「ん。主大好き。抱いてほしいのに抱いてくれない」

「なるほどな……。流れ人は変に倫理観が強いようで、幼児体型には厳しいからな……っとと、むう。深く座るか……」

アイリスとシロはぐにぐにと俺の膝でバランスを取っていたのだが、最終的には深く座りだし、背中を俺に預けてバランスをとり、更には腕を回させて落ちないようにとしたようだ。

なんというか……これはまずい気がする。

まず、普通に一人が膝上に座るよりも強い刺激が襲い来る。

両足がサドルになったような感覚だ。

だが、普通女子高生などはスカートを巻きこんで座るだろう？

それが、シロはもちろん巻き込む布地がないのだが、アイリスまで邪魔だと座った後にスカートを挟むのを止め、俺の膝にそのまま座るのだ。

そうなると、接触部分が大変よろしくない。

なんというか、ぷにぷにな触感がかなり薄い生地を経て足に伝わり、温もりから何から全てを感じる事が出来てしまっているのだ。

「ああー！　ほら、隼人様！　あれを見てください！　あそこまでとは言ってないんですよ？　ね？　ね？」

「え、あ、ええ……イツキさん……何をしているんですか……」

何って……美少女を二人片膝ずつに乗せて抱きかかえてます。

字面も絵面も酷いですね。ええ、もう俺も良くわかんないんだよ……。

アイリス様の言う事をきけって言った筈のアヤメさんからは、後方から凄いプレッシャーを感じるしさ……。

「はぁ……わかりました。シュパリエ様も一緒に見ましょう」

「わあ！」

「にしし。シュパリエ義姉様も、どうやらここで見られそうじゃな」

「ただ、彼は僕の大事な友人です。平民なので粗相があるかもしれませんが……えっと、粗相って、どこから粗相なのでしょう……」

俺も知りたい。

普通に考えて他の貴族から見れば現在の状況が十分粗相な気がします。

でも、アイリスの言を信じるならば咎められないと……どういうことだよ。

「はい！　わかりました！　隼人様の大事な御友人様なのですね！」

うおっと眩しい……っ！

美人が満面の笑みを浮かべ、後光も見えるんじゃないかってくらい幸せそうな顔を向けられた。

それにしてもシュパリエ様……どっかで聞いた覚えがあるんだよな……。

んー……隼人の婚約者って言って……あっ！

あれだ！　レティと朝市に行った時に聞いた名前だ！

確か……王様の娘？　とかなんとか言ってた気がする。

え、じゃあそんなシュパリエ様を義姉様とか呼んじゃうアイリスも……王族?

「ちょっ!?」

「あふん!」「んっ!」

あまりの出来事に思わず体が立ち上がりそうな衝動を覚えるのだが、いかんせん膝に二人乗せているのでただ縦にビクンと動いただけになってしまった!

「お、お主……思い切り押し付けおったな……わざわざ強く押し付けて感触を確かめるとは……この変態め!」

「ち、違う! いや、そうじゃなくてそれよりも、アイリスお前……王族だったのか?」

「なんじゃ。今頃気づいたのか。というか、やはり知らなかったのじゃな……」

おま、知るわけねえだろう!?

てっきりどこかの貴族の娘さんかお孫さんくらいにしか思ってなかったわ!

え、じゃあなに? 俺は今王族の娘さんを膝上に乗せ、抱きしめるように抱えさせられているの!?

「ちょ、た、頼む! 降りてくれ!」

「むう? 嫌じゃ」

「なんでだよ! 目付けられたくないよう!」

「大丈夫じゃ。お、始まるようじゃぞ」

うそん!? このタイミングで!?

『む。おほん。皆の者。長らく待たせたな。開会式を始める』

王冠を被った若い頃は間違いなくイケメンだったであろう男が現れ、開会の宣言を行う。

『ォォォオオオオ！』

すると、一階からは大きな声が聞こえ、貴族席からは拍手が鳴り響いた。

やばいやばいやばい。

王冠被っているし、あれ陛下ってやつだろ？

この国で一番偉い人だろ？

そんな人の親族を俺は膝上に乗せ、抱きしめているわけだろう？

しかもあれ、俺が作ったマイク効果のあるアクセサリーじゃないか!?

『堅苦しい挨拶で長引かせるつもりは無い。今日行われるチーム戦出場者も、明日行われる個人戦出場者も、皆奮起して汝等の強さを見せよ！　以上だ！』

『オオオオオオオオオオ！』

短い！　これが高校の校長先生の挨拶であれば、どれだけ好感が持てるだろうか！

だが、俺は見逃していない。

最後に俺達の方をちらりと見て、シュパリエ様を見終えた後に俺達の方を見て固まったのを、俺は見逃さなかったからな！

「ああ……終わった……」

「何がじゃ。叔父上は驚いていただけじゃろう」

「叔父上って……アイリスお前、王様の姪なのかよ」

「うむ。いかにもわらわは叔父上の兄の子じゃ。とはいえ、気にするな。わらわは気にしない」

「……今更か」

「そうだ。割り切った方が人生は楽しめるぞ」

アイリスの言うとおりだな。

アイリスが王族だからと行動を変えたところで、もはや特に意味を成さないだろう。

ならば、いっそ開き直ってしまうというのも一つの手である。

アイリスが気にしない。と言った以上、こちらも普段どおりでいかせてもらうからな。

『それでは、進行を頼むぞ』

『承りました……。こほん。あーあー調整中調整中。ん、んんん！　ごほん。あーあー。よし。陛下からご命令を賜りました神官騎士団副隊長です！　本日から二日間実況解説役を務めさせていただきますのでよろしくお願いいたします』

お、副隊痴じ……副隊長だ。

そうだよな。実況解説をするならやっぱり副隊長だよな！

でもなんというか、丁寧で綺麗な副隊長だ。

流石に陛下の前では普段どおりというのは難しいのだろう。

『陛下に於かれましては、解説中にはしたない言葉や大きな声などが出てしまう場合もありますが、どうかご容赦をお願いいたします』

『よいよい。祭りなのだ。多少の事は無礼講で構わん』

『はっ！　ありがとうございます。すぅぅぅ……。そぉぉぅりぇではあああああ！！！　チーム戦……第一回戦！　選手!!　の入場だぁぁあああああああ！！！！！』

『おおお!?』

陸下から許可を取り次第アクセル全開で行きやがった。

れのあたりが巻き舌になって、これからプロレスラーでも現れるのかと思ったぞ。

ほら、王様もいきなりの変容に目を丸くして驚いているし。

『西方！　王国騎士団所属……新兵仲良し三人組！　幼馴染ィィィィィトライアンゴォウ!!』

この副隊長、ノリノリである。

「相変わらずやかましいのう……」

「アイリスも副隊長を知ってるんだな」

「まあの。おっと」

アイリスが俺の質問に答えようとした際にバランスを崩し、俺はすかさず抱きかかえるのだが、
その際にアイリスの指が俺のわき腹に当たり……。

「んひゃう！」

「……なんじゃ今の声は」

「わき腹に指が……んひゃ！」

やめ、やめい！　変な声が出るんだよ！　こ、こらなんで笑った！　なんでそんな楽しそうな笑

みを浮かべたんだあひん！

「これは……楽しい遊びを見つけてしまった。そういえば、この前も弱かったな」

「いや待って？　試合見よう？　な？　やめろって！　んひゃう！　もうやめっ！」

「一回戦の試合を見てもな。お主は見ていても良いぞ？」

「ひう！　つ、次やったら王族でも放り投げるからな！」

「良い度胸じゃな。だが、わらわに危害を加えると流石に危ないぞ？」

わかってるよ！

俺の危険察知能力を舐めるんじゃない！

頭の中でアラートが嵐のように鳴り止まないから絶対にやらないぞ！

「こら。アイリス。あまり迷惑をかけてはいけませんよ？」

「なあに、ほんの戯れじゃよお義姉様。それにほれ、試合が始まったら流石にせんよ」

早く試合始まれえええ！

『東方！　王都ラシアユ所属。Ｂランク冒険者……俊足の牙ゥゥゥゥゥウウウウ！』

「ひー……ひー……」

「大げさじゃなあ……」

「嫌い！　この子嫌い！」

お腹が！　お腹がくすぐったすぎてもはや痛い！

ツンツンがズンズンになってきてるんだもん！

結構無理な体勢のはずなのにしつこいの！

「アイリス。やりすぎ」

「すまんすまん。ちと楽しくてな……」

「こいつは王様になっちゃ駄目なやつだ……」

「それについては大丈夫だ。わらわに王位継承権はないからな」

「へ？　順位が低いとかじゃなくて、無い……って」

「そうか……わらわの事も知らぬ流れ人であれば知らぬのも当然か……」

アイリスは足を上げて片側に寄せると一度膝から降りる。

そして何をするのかスカートを翻すとそのまま俺と向かい合うように座りなおし、ゆっくりと膝を伝って迫ってくる。

「ほれ、腰を支えよ」

「あ、ああ……」

言われたとおりに腰を支えると、体重をかけてくる。

がくんとあちら側に倒れないようにバランスを取るのだが、目線を合わせる為に姫殿下が位置を調整しているので大変に危険である。

もし倒しでもしたら俺の首は胴体と離れることになるかもしれない。

「うむ。やはりこちら向きの方が話しやすいな」

「まあ、人と話すときは相手の目を見て話しましょうって言うしな」

「なんじゃそれは？　動物界では目を合わせるとお前を食うてやるという威嚇じゃぞ？」

「俺達は人だろうよ……」

「人も動物じゃ。だからさっきからお主はわらわを食うてやると言っておるわけじゃな。わらわ怖い」

「逆だと思う。絶対にアイリスが俺を食べるんだと思う」

「ふむ……では、食うてやろうか？」

チロリと舌を出し妖艶さを演出しているの……か？

前回も言ったかもしれないが、10年早いわ！

「むう。心なしか馬鹿にされた気がするのは気のせいか？」

「気のせいだと思います」

「今迄で一番良い笑顔じゃな」

「気のせいだと思います」

気のせいだと、思います。

「むう、頭を撫でるな！　無礼じゃぞ！」

「はいはい。よしよし」

シロはバランス感覚がいいので手を少しの間離して頭を撫でた。

なんだかんだ言ってもまだまだ子供。

いたずらも許してやり、甘やかし尽くしてくれるわ！

「ぬううう……この手腕、お主数々の女を泣かしてきたようじゃな。心地よい！」

「恐悦至極」

「ほう。アマツクニの言葉であるな」

「そうなのか？　どうしてアイリスは知っているんだ？」

「うむ。わらわは教養もあるので知っておるのじゃ！」

「へえ……流石」

伊達に偉そうな話し方ではないという事か。

「ふっふっふ。もっと褒めよ！」

褒める代わりにうりうりと撫でレベルを上げる。

俺の撫でレベルは５段階あるぞ。

それにしてもアマツクニって、多分国のことだよな？

……おそらくその国は日本文化に近いものがあるのだろうと、俺の勘が告げている。

もしかしたらそこに米や醤油なんかもあったりしないだろうか。

「さて、話を戻すか。撫でられるのも惜しいが……まずはしっかりとわらわを支えよ」

「はいよ」

シロが闘技場の方を向き、アイリスが俺の方を向くからちょっとだけ支えづらい。

それにしてもアイリスの髪はさらさらだったな。

ティアラに気をつけながら優しく撫でていくと、手触りのいい髪質でこちらとしても撫でがいのある頭であった。

次は生まれ持ったチートとも言える『にゃんこ極楽極上マッサ』を出す時が来たのかもしれない。

これを使うとどんな猫でも腰砕けになってしまう極上の撫で術であり、病み付き間違いなしで撫で撫でを条件に芸を仕込めるほどの気持ちよさなのだ。無論人にも効く。

ふっふっふ。アイリスも虜(とりこ)になるが——

「わらわの両親はもういないのじゃ」

……ふざけている場合じゃなかった。

なんて事だ、かなり重い話じゃないか。

何が『にゃんこ極楽極上マッサ』だ。

そんなもの、なんの役に立つっていうんだ。

俺は、俺は……

「まあ普通に生きてはいるがな」

「え、そうなの？」

なんだよ心配したじゃないか。

あやうく戒めとして俺の撫で術を全て永久封印するところだったぞ。

「先ほども言ったが、わらわの親は現国王の兄。非常に優秀なのじゃが自由人でな……。王位継承権を放棄して弟である叔父上に譲り、自分は好き勝手に生きると他の家族と共に雲隠れしたのじゃ」

おお……本当に自由人だな……。

「でもそれって庶民からしたら……」

「うむ。叔父上が何かしたのかと疑われたのではと思ったのじゃろう？　じゃがまだ前国王であるじーじが生きておったからな。正式な宣誓として認められた上で、永久に王位継承権を放棄して王族としての地位も捨てておったわ」

まじかよ。

王族に憧れなんて無いが、それでもその地位を捨てるってどんな事情があったんだ？

それに他の家族を連れてって、どうしてアイリスだけは王宮にいるんだ？

「父上はわらわにも共に生きないかと聞いてきたんじゃがな……」

途端に顔を伏せて表情を隠す姫殿下。

そうだよな、思い出すには辛い出来事だよな。

この子はきっとこの小さな体で父親の分も王族としての責務を果たそうとしているのだろう。

一体どれほどの重圧なのか、俺には想像する事もできない。

俺はそっと支える手を強くし、抱きしめてやろうと思ったのだが……。

「阿呆かと断ってやったわ！」

「……は？」

ん？

ゴメン聞こえたけど良く聞こえなかったわ。

なんて言ったの？

「誰がこの贅沢三昧の生活を捨てるものか！　わらわの王位継承権を放棄する事を条件に叔父上に好き勝手させてもらえるように頼んだのじゃ！　父上の残していったものは全てわらわの物！　資財も近衛もわらわの物！　まあ、近衛の上から二人は連れて行かれたがの！」

「つまりあれか？　王位なんぞに興味は無いが、金と権力を使って好き勝手に生きると」

「その通り！　美味いものを食べ！　好きな時に好きな場所に行き！　結婚相手を無理矢理決められる事も無く、王位継承戦などという面倒事にも巻き込まれん素晴らしい生活じゃ！」

「おまけに父親の抱えていた元近衛に護衛をさせているわけですか……」

「まあの！　父上の近衛は特殊じゃが普通の護衛よりも優秀な上に信頼のおける女の子ばかりじゃから安心じゃぞ！」

なるほどなあ。

というか、俺のさっきの真面目な考察は掠りもしなかったのかよ。

何か恥ずかしい！

何が責務だよ。

実は健気で優しくて真面目な良い子って事もなくそのまま印象どおりだったのかよ。

それにしても、だ。

「アイリス……」

「なんじゃー文句あるかー！」

アイリスは口を開けて威嚇をしているのだが、俺的にこの顔がもの凄く可愛いと思う。

子供ががおーってやっているような感じである。

だがそれより、

「……とても羨ましいです！」

「んあ!?」

ある意味俺の理想の生活じゃないか！

安心安全で働かずに生きる。

美味いものを食べて美味い酒を飲み、好き勝手に生きる。

まさか俺の理想がこんなところで行われていたなんて。

王位継承権なんてめんどくさそうな事を排除しておいて、好き勝手にする権利を得ているあたりがまた素晴らしい！

国王様にとっては余計な諍いがなくなり、自分の子供、あるいはその婿を次の王に迎える事ができるようになる。

自分は自由を手に入れる。

さすがは王位を捨てた男の娘である。

この自由さは父親譲りなのだろうな！

「そ、そうかそうか！　お主、やはりわかる男だな！」

「アイリスこそ！　流石だよ！　自由気ままな生活……いいないいなあ！」

「やはり我が瞳に狂いは無かった！　この話を聞いた貴族達のあの侮蔑交じりの顔をされるかと

思ったのじゃがわかる男にはわかるものじゃな！」

「俺の理想がそこにあるのか……！」

「うむうむ！　アマツクニで言う酒池肉林であるな！」

「酒池肉林だな！」

酒を以(もっ)て池となし、肉を懸けて林となすの方の酒池肉林である。

決して肉林は肉欲ではない。

好きに食べるからお肉の方なのだ！

「実はだな……俺もそういう生活に憧れてスキルを貰(もら)ったんだよ」

「なんと……それは、ユニークスキルか？」

「その通りだっ！」

さあ、出番だ『お小遣い』よ！

「む！　何もないところから金貨が？　むう、まさかスキルで金貨を手に入れるのか!?」

「ああその通りだ。俺は出来れば働かずに楽して暮らしたいと思っているからな」

「なるほどなるほど。それは良いスキルを手に入れたな！」

「ああ！　レベルが上がれば金額も増える！　最高のスキルだ！」

「……流れ人なら強力なスキルで強い敵を討伐すればもっと楽に稼げるでしょうに」

後ろからアヤメさんの呆(あき)れたような声が聞こえたのでお答えしよう。

「俺は虫も血みどろな内臓もアンデッドも駄目だからその選択肢は選べないんだよ！」

「なんと情けない……」

「そう言うなアヤメ。誰もが苦手なものはあるものだし、安全を求めるのは生物として当然のことだ。その上で楽に生きたいとなれば、この上なく有用なスキルであろう。わらわはより一層お主を気に入ったぞ！」

「ああ！　俺もアイリスが好きになった！　俺の気持ちを理解してくれる同志と出会えたなんて、王国に来て良かったよ！」

ひしっと抱きしめる力を強くし、友愛をこめる。

するとアイリスも優しくそっと腕に触れて俺たち二人は同志としての絆（きずな）を強くするのだった。

「あのご主人様……」

「ん？　どうした？」

「その、アイナさん達の試合がもう次で……」

『勝者！　三つ子ミラージュゥゥゥウウウウ！』

「「え……？」」

あれ？　幼馴染トライングルと、俊足の牙（ソニックファング）の試合じゃなかったか？　いつの間に終わって、次がいつの間に始まって、またいつの間に終わってたんだ!?

『それではあああああ！　第４試合！　開始いたします！』

『『『うおおおおおお！』』』

俺はどうしてこの熱狂っぷりに気がつかなかったんだろう……。

『西方！　アインズヘイル所属。Ａランク冒険者。紅い戦線（レッドライン）ンンンンンン！』

『オオオオオー！』

アイナ達三人が出てくると歓声が一際大きく響き、俺もそれに合わせて声を跳ねさせる！

そして、観客に手を振って応える三人が俺の位置に気がつくと、手を振るのを止め固まった後にひそひそし始めた。

「オオオオオー！」

「ん？　なんじゃ？　お主の知り合いか？」

「ああ。うちの大事な可愛い仲間だよ」

「ふむ。ならば、わらわも見るとするか」

そう言ってもう一度膝から降りるので、その際に一度膝を伸ばさせてもらい軽くほぐさせてもらった。

シロも同様で、一度降りてもらい軽くほぐしてからまた乗せる。

いかに二人とも軽いとはいえ、長い間乗せていると痛くなってくるからな。

『東方！　ブラックロック所属。Ａランク冒険者。槌精の使徒（ドワーフ）ゥゥゥゥウウウウウウ！』

『槌精の使徒（ドワーフ）』はドワーフ三人で構成された冒険者らしい。

全員が槌（つち）を握り攻撃的なチームなのだという事が見るからにわかる。

『これまたべっぴんさんじゃのう』

『そうじゃな。アインズヘイルに名を轟（とどろ）かせる紅い戦線（レッドライン）と戦えるとは長生きはするもんじゃのう』

オーバーラップ文庫&ノベルス NEWS
文庫注目作
コミックス第2巻、同時発売！
ひとりぼっちの異世界攻略
life.3 泣く少女のための転移魔法
著：五示正司　イラスト：榎丸さく

ノベルス注目作
コミックス第1巻、同時発売！
異世界で
スローライフを（願望）5
著：シゲ　イラスト：オウカ

『こちらこそ熟練の槌精の使徒と戦えるなんて光栄だ』

『ほう、わしらを知っておるのか』

『当然でしょ。むしろ冒険者として知らないほうがおかしいわね』

『っすね。自分達と同じ地域密着型っすけど、有名人っすからこっちまで活躍は届いてるっすよ』

どうやら『槌精の使徒』も有名な冒険者らしい。

知り合いでは無いが、お互いの事はよく知ってはいるみたいだな。

ドワーフの年齢が見た目どおりなら60歳は超えてそうなんだが、現役で冒険者なのか。

「槌精の使徒は王都から南東の果てにあるドワーフと鍛冶の街『ブラックロック』のAランク冒険者じゃな。離れてはいるが『土地喰らい』討伐などの功績は昔から王都にも轟いている」

「土地喰らい？」

「うむ。読んで字の如く土地を喰らう魔物じゃ。土喰らいという蜘蛛が突然変異した姿と言われているのじゃが。まあ、サイズは桁違いじゃがな」

「良くやった槌精の使徒！」

「な、なんじゃあいきなり大声を出しおって！　あーびっくりした」

槌精の使徒さん大きな蜘蛛を退治してくれてありがとう！

俺が出会う前に退治してくれてありがとう！

その調子で蜘蛛を滅ぼしてくれ！

「主は虫が大の苦手。だから大きな蜘蛛を倒したと聞いてテンションが上がってる」

「そうだったな……。それにしても、いきなり叫ぶから驚いて座り心地が変わってしまったではないか」

もぞもぞと座り心地のいい場所を探すアイリス。

シロはさすがのバランスで、俺が大きな声を出しても位置が変わるような事はなかったようだ。

『……ねえ、なんか主様が槌精の使徒を褒めてるんだけど』

『ふふ、おおかた土地喰らいの話でも聞いたんじゃないか？』

『なるほど、そういうことね』

『なんじゃ、お主ら奴隷となったと聞いたが本当だったのか』

『ああ。今日は私たちの主君が見ているからな、悪いが勝たせてもらうぞ』

『ふむ、思ったよりも待遇は良いようじゃな』

『当然っす。ご主人は優しくて立派なお人っすから！』

『そうか。まあ酷い扱いを受けておれば、そんな笑顔はできんだろうからな。良い主なようで良かったよ』

『心配ありがと。でも、前よりもいい生活をさせてもらっているわよ』

『そうかそうか』

なにやら談笑しているようだ。

こんな大舞台なのに、緊張とかしないんだな……。

『さて、正々堂々全力でぶつからせていただこう』

『こちらこそ、若さに刺激をもらおうかのう』

『それでは、試合開始ぃぃいいい！』

副隊長の号令と同時に『槌精の使徒（ドワフル）』が中央に一人を前にして密集し、しっかりとお互いをフォローできるようにフォーメーションを組む。

『まずは自分からっす！』

フォーメーションが出来上がるとほぼ同時に速攻をしかけたレンゲが中央のドワーフに拳を振るうが、槌の柄で楽々と防がれた。

そして、すぐ側（そば）にいる二人がレンゲをめがけて槌を縦に振るうとレンゲはバックステップで避ける。

避けられた事によって地面に落とされた槌が地面を少し砕くと、すぐさま陣形を崩さぬように元のポジションに戻っていった。

『あっぶなっす。あれ当たったら一撃でアウトっすよ』

『むう、はずしたか。やはり重さが足らんな』

『それはあっちも同じじゃろうて、じゃがあの拳娘は注意せねばならんな』

『じゃな。リーチの差はあれど、拳娘は普段どおりの力を出せておるようじゃ』

レンゲの一撃を槌で受けたドワーフが槌から一度手を放し、痺（しび）れたのか手首をプラプラと振る。

レンゲは元々攻防を備えたガントレットなので、模擬専用の物を使用していない。

刃先がついているわけでもないので防具扱いとなっているようだ。

『開幕は油断するかなって思ったんだけどね、まあそこは流石に経験が違うわよね』

『っすね。一人叩ければ楽だったんっすけどね』

『まあ、そううまくはいかんさ』

作戦は失敗したようだが、焦っている様子はない。

むしろ噂どおりの実力だとわかり気を引き締めなおしたように思える。

『速くは動けんからな。後の先を取らせてもらうぞ』

『随分と硬そうだがそれでも押し通らせていただこう』

『はっはっは。そう簡単にはいかんぞ?』

アイナは剣を中心に構え、相手の真正面に立つ。

そのサイドをソルテとレンゲが意気揚々と駆け進んでいく。

少し遅れてアイナが駆け出し、正面のドワーフに剣を振るう。

その一撃は易々と止められ、押し返されるが追撃は来ない。

『……ふむ。まずいの』

見ればいつの間にか一対一の状況になっていた。

レンゲがステップインで向かって左側にいるドワーフに近づくとボディの辺りにフックの要領で拳を横に振るい、槌によって防がせるとその槌を掴んで投げ飛ばし距離を取らせていた。

ソルテは、槌の距離より遠い位置から優位を保ったまま槍で強烈な一撃を放つ。

この攻撃自体はいなされてしまうのだが、そこからは猛火の勢いが如く連撃を繰り返していた。

「ソルテの突き、速いな……」

「風の魔法を纏ってる。だから、鋭いし速い」

シロが俺の疑問に答えるように解説をしてくれるのだが、シロがソルテを褒めるのが意外すぎてちょっと驚いてしまった。

ソルテはそのまま手を緩めずに相手を防御一片に固め、レンゲは肉薄して上手いこと仲間と合流させないように、時折摑んでは投げ、徐々にフォーメーションを崩していくのが上からは良く見えた。

『一対一か……』

『ああ。あなた方はコンビネーションが素晴らしいパーティだからな』

『なるほど。良く知っているな。じゃがな、一対一に持ちこまれたとはいえわしらもやるもんじゃぞ？』

『ああ、わかっている油断はしないさ』

アイナは今度は腰の横で剣を構えそのまま近づくと横に振りぬく。

受け止めろと言わんばかりに丸わかりな一撃だ。

そしてその一撃に対して自分も槌を横に振るい剣にぶつけてきたドワーフが力比べと言わんばかりにニヤリと笑う。

だが、その顔はすぐに驚愕へと変わり、ドワーフはバランスを崩して数歩分吹き飛ばされる。

『かぁ！　なんという馬鹿力か』

『私は器用ではないからな。ならば一撃に重きを置けばいいだろう？』

『そうだな。わしもそう思う』

ニヤリと楽しそうにドワーフが笑い、アイナも応えるように微笑んだ。

『じゃがな、わしらは大地の民ドワーフだ。大地の上である以上、我等が有利じゃ！』

アイナが相対しているドワーフが他のドワーフに目配せをすると、他の二人は力いっぱい槌を振るいレンゲとソルテに距離を取らせる。

そして三人が手を上げると、大きな声で叫んだ。


『『『母なる大地の加護（マザーアース）』』』


すると大分前、隼人の『光の聖剣（エクスカリバー）』で街道を破壊後、修復していた際にエミリーの側で見た土色の光が三人を包み込み始める。

それに伴い、アイナ達三人は警戒をしたように構えを取り直した。

「なんだ？　魔法か？」

「母なる大地の加護（マザーアース）……。ドワーフの固有スキルで、母なる大地に宿る土の精霊から加護を受けて身体能力を大幅に向上させるスキルよ」

エミリーがぽつりと呟いて教えてくれる。

どうやら魔法ではなくドワーフ族だけが使えるスキルのようだ。

「同時に発動するドワーフの数が多ければ多いほど土の精霊の加護を多く受けられる。だからこそ、彼らはドワーフの街では大きな力を発揮しているの。でも……」

エミリーが見つめる先を見ると確かに先ほどよりも強くなって……るのか？

相変わらずレンゲもソルテも攻め手を緩めず、二人の相手をしているドワーフは防御一辺倒に思えるのだが。

「やっぱり、精霊が減っているから加護が足りてない」

「減ってる……？」

「そう。少し前から精霊の数が激減しているの。私は隼人と旅をしながらその原因を探しているのよ」

エミリーの顔は前を向いたままだがその眼差しは真剣そのものであった。

この問題は相当に根が深く、原因はまだ判明していないのだろう。

『かぁー！　これでもまだ力負けするか！　一体どんな馬鹿力なのだ！』

アイナとドワーフは何度も武器を合わせているのだが、アイナが力負けする事はなく逆に加護を得たはずのドワーフがバランスを崩しているようであった。

『ふむ。だが、決定打には至らないな……』

『お前さん真面目だろう？　攻撃もフェイントも正直すぎるぜ』

『そうだろうな。だがまあ、私は私の役目をこなすまでだ』

『役目……』

『ああ、行くぞソルテ、レンゲ』

『っす！』『当然でしょ！』

『なっ！　アル、フレドリック！　やられたのか！！？』

ああ、これで決着だな。

一人と二人に挟まれた形となったドワーフが挟撃を受けて倒れる。

レンゲは早い段階で相対していたドワーフを投げ飛ばして場外に落とすと、ソルテが相手をしていたドワーフを背後から襲いノックアウトさせていた。

そして残った一人を三人で……といった結果である。

『勝者！　『紅い戦線（レッドライン）』!!』

『『『『うおおおおおおおおお！！！！』』』』

副隊長による宣言を受けると歓声が沸き立ち、それに応えるように手を上げるアイナ。

ソルテとレンゲも手を上げて応えると俺と目が合い、レンゲは飛び跳ねて自分をアピールしているようであった。

俺はよくやったという意味を込めてサムズアップで応えると、三人はハイタッチを交わしてから一礼し、リングを去っていった。

第四章　お子様はアイスがお好き

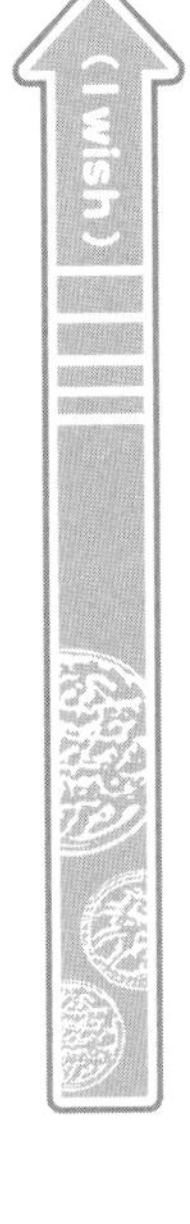

「たっだいまっすー！」

レンゲがテンション高めに腕をぶんぶんと振りながら戻ってきたので俺が手を挙げて応えると三人とも駆け足で近寄ってきた。

近寄ってきた三人はにやにやしていて何かを求めるように笑顔を見せる。

「お疲れさん。三人とも格好良かったぞ」

俺はその期待に応えるように三人を褒め、サムズアップで応えると、三人の笑顔が更にレベルアップしていた。

ぽんぽんとそれぞれの頭を軽く撫(な)でて労(ねぎら)いたいのだが、いかんせん俺の膝上には二人が乗ったままなのである。

「で……さっそくなんだけど、なんでこうなってるの？」

「そのお方は……」

まあ当然気になるよね。

応援していると思ったら、少女を二人膝に乗せていて、片方は全く面識も無いのだから当然そうなるよね。

「わらわはアイリス。現国王の姪(めい)である」

「陛下のっ……これは失礼をいたしました！」

三人が片膝をつき、頭を下げるのだが本来は俺もこうしなければいけなかったんだろうなと思うが、もう遅いよな……。

「良い良い。わらわは王族であるが構わぬから楽にせい。お主らの主を少し借りておるだけだ」

「ははっ！」

「お主らの戦い、流石は名うてのAランク同士の冒険者の戦いであるな。実に見ごたえのある戦いであった」

「ありがとうございます！」

「次も期待しているぞ！」

「「はい！」」っす！」

アイリスからお褒めの言葉も授かり、少し早いが昼食を取る事にする。

アイリスやシュパリエ様も興味があるからという理由だけで一緒に食べることとなったのだが、いいのか？

毒物や粗悪な食材を使っているわけではないけれど、安全面とか衛生面とか問題ないのだろうか。

「ほう！　美味いではないか！」

「今日はクリスが作ってるからな。褒めるならクリスを褒めてやってくれ」

「そうかそうか！　クリスとやら凄く美味いぞ！　隼人卿は良い娘を手に入れたようじゃな！」

「ありがとうございますアイリス様。光栄の至りです」

「クリスさん！　是非！　是非私にもお料理を教えてください！」

「はい！　勿論(もちろん)です姫様」

「姫様だなんて……シュパリエで構いませんよ。これからクリスさんは私の師匠ですから！」

「ふええ!?　そんな、無理です無理です！」

流石にお姫様を呼び捨てはまだ無理かな？

だから俺は背中を押してあげようと思う。

「そうだな。隼人の胃袋を摑(つか)んでるのはクリスだから。クリスに師事すれば間違いないぞ！　失敗しても隼人なら喜んで食べてくれるさ」

「おおおおお、お兄さん!?」

「イツキさん!?」

オット、イッケネ、マチガエター。

クリスは恥ずかしがり屋だもんな、と言うつもりがついうっかりである。

隼人についてはお姫様って料理を作っているはずがポイズンクッキングになるイメージがあるから、食材を無駄にしない為(ため)にもやはり主人公的なポジションにいる隼人が喰(く)らうべきだろう。

耐久力も高いだろうからね！

それに婚約者だしね！

なんか俺ばっかりアイリスに困らされてるから隼人も巻き込もうとかじゃないよ？

本当だよ？

「お主が作った方も十分美味しいではないか。あまり食べた事のない物ばかりじゃが、わらわにはこちらの方があっているかな」

「いや、割と庶民向けの物なんだが口に合うのか？」

「わらわはよく街を出歩いて屋台の物も食べるぞ？　真の美食家とはあらゆるものを食してこそじゃ」

それだと虫を食べられない俺は真の美食家にはなれないな……。

なれなくても困らないけれど。

「あ、僕もイツキさんの作る料理好きですよ」

「デザートならばお兄さんの方が上手だと思います！」

「まあ！　男性なのにですか？」

「お兄さんは手先が器用ですし、知識も技法も豊富なのでとっても上手なんです！」

「それに、僕達の元の世界の料理を再現してくれたりしますからね。僕は料理が出来ないので……イツキさん頼りで故郷の味を楽しませてもらっています」

「まあまあ！　では是非教えてくださらないかしら！」

Ｏｈ……。

まさかのクリスと隼人で反撃だと。

いや、この二人の場合はまじりっけなしの純粋な褒め言葉からきている気がする。

俺のように捻くれてなどいないもんな……。

しかしお姫様に料理を教えるとか……うわあ、きっと想像している以上に遥かに面倒くさそうだぞ。

かといってお断りするわけにもいかないしな……。

「普段はアインズヘイル住みなので、機会があれば……」

「是非よろしくお願いします！」

どうか指を切ってしまうレベルやポイズンクッキングになるようなレベルではなく、普段からお菓子作りくらいはしているレベルでありますように。

姫様が指をスパーンしたら俺の首がスパーンみたいな展開だけは勘弁願いたい。

「デザート作りが得意なのか……見かけによらぬな。今日は無いのか？」

「見かけは関係ないだろうよ……。あるにはあるけど、まだ入るのか？　もう結構食べてるだろう？」

シロやアイナ達ほどじゃないにせよ、子供には十分なほどに食べているはずだ。

膝上に乗るアイリスのお腹が少しぽっこりしているから間違いない。

「にしし。女の子はデザートならばいくらでもはいるのじゃぞ？」

「流石にいくらでもは嘘だろ……」

前の世界でもデザートは別腹とはよく言われていたものだが、構造的に無理だと思うの。

だが、女の子の体には不思議が多いからな。

胸には希望が、お尻には慈愛が、それならばデザート用に胃袋が二つあってもおかしくはないのかもしれない。

「なら出すか。皆も食べる……よな？」

「ん、勿論」

「私もいただきます。ご主人様のデザートは本当に美味しいですからね」

「私達ももらうわ。疲れた体には甘いものよね」

了解っと。

隼人達のほうを確認するが、結局全員食べるようだ。

ストックがなくなりそうだが、また作ればいいよな。

「まあ、今日は普通のアイスクリームだけどな」

でも今日の食事量からすれば丁度いいくらいか。

ジャムはモモモとリンプルと、後はオランゲがあったか。

箱に入ったアイスクリームを魔法の袋に擬態させて使っている魔法空間から出すと、自作のディッシャーで円形にして取り分けていく。

なんかこのディッシャー使ってるとアイスクリーム屋さんになった気分になるよね。

「まずはそのままで。ジャムはお好みでどうぞ」

「おおお……冷たい菓子が屋外で食べられるとは……」

「好きなのか？」

「うむ！　冷たくて舌触りが良いからな！　普通は果実を凍らせて削るものじゃが、これは牛の乳か？」

「まあ牛の乳が材料ではあるけど、手は加えてあるぞ」

「主の『アイス』はとっても美味しい。ほっぺが落ちる」

「そうか！　では早速いただくとしよう！　まずはそのままじゃな！」

アイリスが銀製のスプーンで小さくアイスクリームを削ると、小さな口に近づけていく。

何故（なぜ）か俺は少しドキドキしながら反応が気になってしまった。

「うむ……バニルの甘い香りがたまらぬな！」

香りを楽しんだ後にスプーンを口に運び、堪能するように目を閉じて吟味している。

「ほああ……わらわこれ好き」

蕩（とろ）けたように口をだらしなく開けて好物であると示し、先ほどよりも大きくスプーンにとって更にもう一口と食べ進めていく。

どうやら気に入っていただけたようだ。

じゃあ、次の人には気に入ってもらえるかな？

「……なんですか？」

「いや、せっかくだしどうかなと思って」

「私はいりません。貴方（あなた）からいただく理由がありませんから」

「そうかもしれないけど……。甘いもの、嫌いって訳じゃないんだろう？」

「……」

「アヤメは甘いものが好きじゃぞ。休日や給金の多くを甘味につかっておるからな」

「アイリス様！」

「じゃあ、どうぞ。毒が入ってないかを確かめるって事でどうです？」

「……毒味。ですからね」

「ええ」

なんかよくわからないけど、警戒されてるしな。

出来れば仲良く……までは難しいのかもしれないけど、普通くらいにはなって欲しいからな。

「……甘い」

おお、初めてむっとした表情以外の良い表情を見れた気がする。

やはり黒髪ロングで美人だよな……。

しかも忍装束がよく似合っている。

忍装束って事は、アマツクニってところの出身なのだろうか。

やはりアマツクニは黒髪の女性が多いのかな？　一度は行ってみたいが……どこにあるんだろう。

「お気に召したようで良かったよ」

「……毒味です」

「ああ。毒味お疲れ様」

「わらわはお気に召したどころではないぞ！　んんんー！　モモモのジャムもたまらないな！　リンプルの爽やかさ、オランゲの酸味も良い！」

「そうかそうか。おかわりあるけどいるか？」

「なんと！　良いのか？　食べつくしてしまうぞ？」

「それはない。シロがいる限り」

「ぬぬ！　負けぬぞ!?」

「いや、おかわりは一人一回までだからな」

シロとアイリスの分を掬って器に盛って手渡すとすぐにかきこむように食べる二人。

ねえ聞いてる？

おかわりは一人一回までだからね？

そんな何杯も食べられるほどないからな？

それに、他にもおかわりしたそうにしている奴らもいるから我慢してくれ。

さて、それじゃあ俺も自分の分を食べるとするか。

少し溶け始めてはいるが、それでも美味いのがこのアイスクリームである。

うん、やはり美味い。

俺的にはジャムをつけるならモモモが一番好きなんだよね。

「あーん」

……さて、もう一口といったところで目を瞑りこちらに向かって小さな口を精一杯広げるアイリス。

その姿はまんま子供だが、なるほどな。

おかわりは一人一回だが、俺の分は別という事か。

だからこそ急いで食べるとは、考えたものだな。

「はぁ……ほら、あーん」

「んんー！　お主は優しいなあ！」

まあ、俺はいつでも食べようと思えば食べられるからな。

さて、次はオランゲを試すか。

んんー！　オランゲの酸味とさっぱりとした柑橘系の甘さ。

それにバニルの濃厚な甘い香りと味がたまらない。

「にしし。間接ちゅーじゃな」

残念ながらその程度の突っ込みは想定済みである。

俺の中で子供とは間接でなくともノーカウントなので一切何も問題ない。

「むう。主、シロもあーん！」

「はいはい。ジャムはオランゲのままでいいか？」

「いい。あーん」

食べさせてあげると、頬を押さえて喜ぶシロ。

相変わらず食べている時は本当に幸せそうで、作った側としても嬉しい限りである。

「ぬう！　シロの方が多くないか？　わらわのときはその半分じゃったぞ！」

「愛の大きさで変わるから仕方ない」

「なんじゃと!?　では愛しているからわらわにもあーん！」

「安い愛だな……」

「アイスクリームの為ならば愛なんて安いもんじゃ！」

愛とはなんぞと問うたらアイスだとか言いだしそうな勢いだ。

そこまで気に入ったのならもう全部あげてしまうか。

「ほら、ならこれ食べていいぞ」

「おおおう！　わらわの愛が通じたか！」

「むう、でもあーんじゃないからそれは愛じゃない。だからそれはシロの」

「なんじゃその基準は!?」

「ああ、もう。仲良く分けること、いいな」

二人は一度こちらをぎゅるっと見ると、アイスクリームに再度視線を戻し、一滴単位でどう分けるか議論し始めたので俺は嘆息しながらそれを眺めていた。

くいくいっと腕を引かれて見るとウェンディが自分のアイス（二杯目）を俺の方に差し出している。

「あの、ご主人様？　私の分をご主人様に差し上げますので……」

「ん、いいのか？」

「はい。あまり身体(からだ)を冷やしたくないですし、私は一つで十分ですから」

「それじゃあ遠慮なく……って、どうした？」

差し出していたアイスを受け取ろうとしたらウェンディが引っ込めてしまう。

どういうことかと顔を上げると、ウェンディは自分のスプーンで掬ってからこちらに差し出してきた。

「あーん」

「そういうことか、あーん」

うん。美味い。

先ほどよりも美味しく感じるのは、ウェンディのあーんで美味さが三倍になっているからかもしれない！

美味さが三倍で甘さが十倍といったところだろうか。

「うふふ、つぎはモモモでいいですか？」

「ちょっとまって！　モモモなら私のをあげるわよ！」

「むう、リンプルのジャムをかけてしまった……。主君！　リンプル味はまだ食べていないのではないか!?」

「ふっふっふ、自分は焦らないっす。結局最後はノーマルのアイスクリームに落ち着くって自分は知っているっす！」

「いや、そんなにはいらないから」

「あれえ!?　出遅れになったっす！　でもまだ諦めないっす！」

それぞれがスプーンを突き出してくるもんだからどれから食べようか迷ってしまう。

だが、アイスクリームである以上、制限時間は限られている。

どうするべきか、モモモであるソルテから食べるかそれとも——。

「いらぬのならばわらわが貰おう！」

「そうはさせない！　シロがいただく！」

二人が下からにょきっと現れて差し出された匙に喰らいつこうとする。

だが、突然現れた二人に驚いた一人を皮切りにそれぞれが持ち手が乱れてスプーンからアイスクリームが零れ落ちてしまうのはもはや必然であった。

「ぬお！　冷たい！　勿体無い！」

「シロは一つキャッチした」

「なんとやりおる……」

「あほか。それよりも服を心配しろっての」

べとっと胸元にアイスがひっついてしまったアイリスと、ぎりぎりで器でキャッチしたシロ。

シロは器に入ったアイスを食べ始め、それをアイリスが残念そうに見つめていて服など気にしていないようだ。

俺はハンカチを取り出して、アイリスの服にべっとりとついたアイスを取り除く為に手を伸ばした。

「あーあー……もう。シミになるぞ？」

大きな塊をハンカチ越しに摘み取るように落とし、残りは乾いた部分で水分を取るようにポンポ

ンとしていくのだが、アイスクリームは脂を含んでいるのでやはり取れなそうだ……。

「ご、ご主人様!?」

「お、お主……何処を触っている!?」

「貴方誰の何を触っていると……」

「しみぬきしてるだけだし、仮に触ったとしてもおっぱいじゃない胸ならセーフだ」

「ほ……そうなのですね。安心しました」

「わけのわからんことをいうな！　わらわのこれは小さいがおっぱいじゃ！」

「そうです！　未婚の女性のおっぱ、胸をまさぐるなど！」

なんだ、またおっぱいについて熱い想いを語らねばならないのか。

いいだろう。

受けて立とうじゃないか！

「シロとアイリスとソルテのはちっぱい。おっぱいじゃないの。主の中では」

「……そういうことか。そういえばこやつは特殊性癖であったな。己の中に基準があるのか……」

「いや待てそんな事実は無いはずだ」

人を勝手に特殊性癖持ちにするんじゃない。

というか、アイリスやシロに興奮する方がよっぽど特殊性癖だろう。

「あの、それよりも服の方は……」

「ああ、そうだった。アイリス、悪いんだけどちょっと落ちそうにないな……」

「申し訳ございません！　アイリス様！」

「ごめんなさいっす！」

ウェンディをはじめ、アイナ達もこぼした事に対して頭を下げる。

だが、アイリスは四人を気にした様子はなくどちらかと言えば俺の方に残念な視線を向けてくる。

「別に良い。そしてこやつについても諦めた……。これは外に出る際に汚れても良いものを選んでおるから気にしないでよいぞ。大方取れてはおるしの」

そうなのか？

でも高そうなドレスだし、隼人に油を浮かせる洗剤のようなものがないか確かめないとだよな……。

「えっと……変なタイミングで申し訳ないんだけど、そろそろ次の試合の準備をしないとなのよね……」

「うむ。構わぬから行って来い」

「はい！　アイリス様、申し訳ありませんでした」

「良い良い。その分試合を楽しみにしているぞ」

「了解っす！　格好良く決めてくるっすよー！」

そういえばアイナ達の試合以降、殆ど見れなかったな……。

まあでも、アイナ達の試合さえ見られれば良いか。

さてさて、デザートタイムを終えてせっかくなのだからちゃんと他の試合も見ようとなったのだ。

だが、なったのはいいんだが……。

「ふわぁ……しかし退屈な試合だな……眠くなってきたぞ」

「それはお腹がいっぱいだからじゃないのか？」

「それもある。だが、それにしても進展のない戦いなぞ、退屈で仕方ない」

「退屈……」

「シロもか。ならば少し寝るか」

「おいおい、アイナ達の試合ももうすぐだぞ」

「じゃがこの試合、長すぎじゃろ。観客達も冷めておるぞ」

確かに、あまりに静か過ぎる。

固唾を呑(の)んでいるのかもしれないが、相手の隙を窺(うかが)っているわけではなくお互いが打って来いと盾を構えているだけなのだ。

この感じだと皆飽きてしまっているのかもしれない。

「すまぬが少し眠る。あの三人の試合が始まる時に起こしてくれ」

「わかったよ」

アイリスは跨(また)がったまま足を伝って深く座れるようにすると、身体をこちらに預けてしまう。

シロもそれに倣うようにしてこちらに来ると、二人とも頭を俺の胸に当てて目を瞑ってしまった。

俺はと言うと、寝てしまわれたらバランスも何もないので両手で抱き支えるしかなくなってしまう。

正直、俺も少し眠いのだが俺が寝てしまって二人に転倒されるとかなり困るので退屈だが起きているしかないのであった。

ふわあああ……。

大きな欠伸を一つし、未だ動かない試合を見る。

頼むから早く終わってくれと、願わざるを得なかった。

なんとか先ほどの退屈な戦いを乗り切り、ようやくアイナ達（たち）の出番がやってきたのだが、会場はなんとも冷えているのが少し物悲しい。

「ほら、起きろって。そろそろ始まるぞ……」

「んん、んー……そうか、起きるか……」

『それでは二回戦を行います！　次の試合は冒険者同士の戦い！　AランクとBランクの番狂わせはあるのかァァアアアア！』

無理矢理テンションを上げて会場の熱を再び灯（とも）そうとプロ根性を出す副隊長は流石（さすが）だね。

ただ貴方（あなた）、厳かで慎（つつ）ましいイメージのある教会関係者だという事をどうか忘れないで。

……それと、王様は具合が悪そうに耳をふさいでいる事に早く気づいてあげて。

『それでは！　Aランク冒険者『紅い戦線（レッドライン）』とBランク冒険者『俊足の牙（ソニックファング）』両者の入場です！』

さっきの試合が長かったせいか時短で両者の同時入場のようだ。

お、出てきた出てきた……って、あれ？　なんかアイナ達の表情が少し硬いような……。

「ぬ？　なんじゃ？　なんか怒っとらんか？」

「だよな。なんか顔が強張（こわば）ってるというか、力が入っているというかやっぱり怒ってるよな？」

ソルテやレンゲだけでなく、珍しい事にアイナもなのだ。

レンゲに至ってはヤル気満々でシャドーにも殺気が乗っているように思えてくる。

「ったくよー。何で俺らがまるで格下みたいにわざわざ言われなきゃいけねんだよ」

「どうせあいつら顔でAランクになっただけっしょ」

「わかんねえよー？　お偉方に体を売ったのかもしれねえし」

「「「ぎゃはははははは！！！」」」

『ちょ、あの、聞こえてますよ？』

「いいっしょ？　別に」

「聞かれて困るのは俺らじゃないし」

「な？　奴隷のAランク冒険者さん？」

「ああ、別に構わないさ。それより、早く始めて貰えるだろうか」

アイナが冷静に……冷静に？　開始を促すと、副隊長は双方に目を向けてから腕を上げた。

『そ、それでは、試合を開始します！』

「ま、俺らがこいつらより強いってとこを見せ付ければ、Aランク確定っしょ」

「むしろ俺らの強さに惚れられたりして」

「まじ？　やばくね？　俺アイナ貰いー！」

「あ、てめえずりいぞ。俺もアイナー」

「じゃあ俺ソルテー。あの生意気な顔が男に媚びへつらう瞬間とかたまらなく……あ？」

「いつまでうだうだやってんすか？　もう試合始まってるっすよ」

頭の悪そうな表情で、頭の悪そうな会話をして油断している所に俊足で現れるレンゲに対応しきれるわけもなく、ボディを呆気なく打ち抜かれる剣を持ったチャラオA。

吹き飛ばされるわけではなく、その場で鳩尾を打ち抜かれたようにチャラオAは苦悶の表情を浮かべたまま膝を折り、地面に倒れそうになっていた所にすかさず顎を膝で蹴られ、膝立ちのまま起こされる。

「倒れられちゃ困るんで、ちゃんと立ってもらっていいっすか？」

レンゲの目がハイライトが消えているかのように無慈悲に見えると、続けざまに連続で三回の肝臓打ちが見事に入り、血の混じった吐しゃ物を盛大に吐き出すチャラオA。

「て、てめえ！」

「遅いわね。俊足が聞いて呆れるわ」

チャラオAが倒れないように今度は逆側から蹴りをいれようとしていたレンゲにチャラオBが襲い掛かろうとするが、それをソルテの槍が通せんぼのように塞いで行かせないようにした。

「なめてんじゃねえぞ！　女風情が！」

「あんたこそ、Aランクの冒険者を舐めないでくれるかしら？　身体を売る？　顔でAランク？そんなんでなれるなら、もっとAランク冒険者には女が多いんじゃないかしらね」

ソルテは通せんぼをしていた槍をそのままチャラオBの方に振りぬき、顎を狙って振るうが避けられてしまう。

「っは！　当たるかばーか！」

「当たるわよ。ほら、遅いからいくらでもね」

「ぶべらぶぶあ！」

ソルテは低めに槍を構えなおすと、突きの連撃をお見舞いし、そのことごとくが命中していく。

チャラオBは同じく槍を持っているにも拘らずソルテの槍になす術がなく徐々に後ずさっていった。

「これで終わりね」

ソルテが一際槍を引き、既にグロッキー状態のチャラオBに槍を打ち込むとチャラオBは抵抗もなく場外へと突き飛ばされた。

「な、なんでこんな一方的に……」

「それが実力の差というものだ」

「ふざけんじゃねえ！　こんな格好悪い負け方してたまるかよ！」

剣と盾を持ったチャラオCがアイナに近づいていく。

流石に俊足の名がついているだけにその接近は速く、あっという間に間合いに入られてしまう。

「おら、どうしたAランク冒険者！　実力の差がなんだって？」

「はぁ、確かに速いが、それだけで基礎がてんでなっていないなっ！」

キーンと甲高い音が鳴り響き、防御一辺倒であったアイナがチャラオCの剣を下から上にかちあげて体勢を崩させる。

「ふんっ！」

すぐさまチャラオCは左手で持っていた盾を構えて防御に備えるが、アイナは剣を横に構え、一歩踏み込んで力を込めて振りぬくと、金属のひしゃげる鈍い音がしてチャラオCは驚くほど速く後方へと吹き飛ばされていく。

「ほいっす」

そこにレンゲが襟首を摑(つか)んでいた既にグロッキーのチャラオAをリングぎりぎりの軌道上に投げてぶつけると、二人纏(まと)めて場外へと叩(たた)き出されてしまった。

会場はあまりに一方的で苛烈な戦闘にしんと静まり返っていた。

『しょ、勝者『紅い戦線(レッドライン)』！　圧倒的、圧倒的でした！』

『『『『お……おおおおおおおおおおお！！！！』』』』

アイナ達はまだ晴れぬ顔のまま歓声に応えると足早にリングを去ってしまう。

残された副隊長は満身創痍(まんしんそうい)の『俊足の牙(ソニックファング)』を見ると担架を呼び、すぐに彼らを運んでいった。

「むう……圧倒的な迫力のある試合じゃったが、一戦目の方が良かったのう」

「感情的になりすぎ。……まあ予想は出来るからわからなくもないけど」

「シロ？　なんじゃ、顔がこわばっとるぞ」

「ん……問題ない。主(あるじ)、お腹空(なかす)いた」

「ええぇ!?　さっき食べたばっかりだろう!?」

「ちょっとだけ空いた」

「何かあったかな……。ああ、屋台で買ったやつが少しまだあったか」

骨なしチキンの炙りがあったのでシロの前に出すと、シロはもぐもぐと食べ始める。

「ただいま」

シロが食べ始めてから少しして、すぐにアイナ達がやってきた。

「おかえり……って、不満そうだな」

せっかく勝ったというのに、やはり気は晴れていないように見える。

「まあね。あーむしゃくしゃするわ」

「あれだけ暴れといてかよ……」

「あんなの物足りないわよ。試合内容もだけど最悪だったわ……」

ソルテは不機嫌そうな顔のまま腰を下ろして、置いてあったコップに飲み物を注ぐと、一気に呷る。

「なんじゃ、何かあったのか？　そういえば試合開始前に何か言われておったな」

「あれは別に良かったのですけどね……。女だけで構成している以上そういう噂も絶えないでしょうから」

「そうか。ではどうした？」

「主を馬鹿にされた？」

「シロ、なんでわかったっすか？」

え、俺知らないところで馬鹿にされてたのか……。

「なんとなく。あの怒りようだとそう思った」

「その通りだ。我々の奴隷紋を見るや否や絡んできてな」

「そうっすよー！　やれおっさんだとか、エロオヤジに買われたんだろうとか、相当好き者だなとか、好き勝手言いやがったんすよ！」

「事実だけど！　エロオヤジなのは事実だけど他人に言われるのはむかつくのよ！」

「そうだ。主君は確かに好き者だが、あいつらに一体主君の何がわかるというのだ！」

おっさん……エロオヤジ……好き者……。

自分で理解しているつもりではあったが、実際言われるとこう、クルものがあるな……。

おっさん……おっさんかあ。

20歳からこの年まであっという間だったもんな……。

体感時間で言えば22歳くらいが折り返し地点らしいし、もうそう言われる年齢なのか……。

「ご主人様!?　泣いちゃだめです！　心を強く持ってください！　私はそんなご主人様が大好きですよ！」

ウェンディ、ごめんよ、年を取ると涙腺が緩くなるそうなんだ。

そっか……俺ってもうおっさんなんだ。

26歳、世間的に見ればまだ若いと言われる年頃だけど、10代からみれば立派なおっさんだよね。

しかもこの世界って結婚する年齢が若そうだし、そうなると26歳っておっさんだよね。

さらにエロオヤジで好き者か……。

あれ、おかしいな……。頬を温かいものが伝うよ。

「イツキさん気にしないでください！　イツキさんはおっさんじゃありませんよ！　確かに少しエッチなのは事実かもしれませんが、むしろ年齢よりも子供っぽいですよ！」

「そうじゃな、こやつは子供っぽいと思うぞ」

「隼人(ハヤト)はともかく、アイリスにフォローされると余計に傷つくんですけど……」

「なんじゃー！　わらわがせっかく気を使ってやったのに！」

あと、26歳が子供っぽいって、フォローになってないからね。

ちょっと童心を成人式に置き忘れてきただけのつもりだったんだけど……そっか、俺って子供っぽいのか……。

隼人が言うんだからそうなんだろうな……。

おっさんが子供っぽいか……イタイなあ……。

「主、元気出す。シロが気づかれないようにヤっちゃおうか？」

「ありがとうシロ……。ううん、大丈夫だから……」

シロの差し出してくれた骨無しチキンは、心なしかもの凄(すご)くしょっぱい味がした。

酷(ひど)く傷ついた後、俺は一つの真理にたどり着いた。

そうだ、開き直ってしまおう。

俺はおっさんで、エロオヤジで、好き者で子供なのだと、心から受け入れてしまえばどうと言う事はない。

俺のMIDだって成長しているんだ！

「ってことで復活」

「速いのう……。へこんでいるお主は可愛かったがな」

「ふふ、アイリスお前の方が可愛いぜ！」

「……まだ壊れておったか」

大丈夫。

俺にはこんな俺でも大好きと言ってくれる仲間がいるから！

「あの……ご主人様？」

「ん？　どうしたウェンディ」

「どうしてシロをそんなにも力いっぱい抱きしめているのですか？」

「そうしないと、崩れ落ちそうだから！」

何かにすがらないとダメージが蓄積して足にきそうだから！

「シロは役得。好きにしていいよ？」

「んんー！　シロー！」

頬と頬でぐりぐりしちゃうぞー！

「あ、あの、それなら私でもいいのですよ……？」

「後で！　後でたっぷりすがるから！」

だって今膝上占領されてるから抱きつきにくいしね。

シロはなすがままに抱きつかせてくれるんだもん！

「なんでもよいが次の試合は、見たほうが良いぞ」

「ん？　次のアイナ達の相手？」

「そうじゃ。優勝候補の一角である、騎士団の精鋭じゃぞ」

「へえ……」

そういえば冒険者の試合ばかりだったな。

この国の騎士団がどれくらいの強さなのか知らないし、見てみるとするか。

「ほれ、わらわも支えてくれ」

「二人ともぎゅーってするけどいい？」

「……構わぬ。傷ついた臣下を慰めるのも王族の務めよ」

いつの間に俺はアイリスの臣下になったのだろう。

まあでもいい、一人より二人だ。

人の温もりって、大事だよね。

「さて、お主らもしかと見ておけよ。次の相手は油断すると大怪我をするぞ」

俺に抱きしめられたままアイリスはアイナ達に真剣な声音で脅しをかける。

それほどの実力者、といったところなのだろう。

「アイリスも知ってる奴なのか？」

あまりそういうのに詳しい印象はないんだけどな。

「当然じゃな、ことやつらに関して王都で知らぬ者は居らんよ」

「そこまでか……」

やはり優勝候補と言われるだけはあるんだな。

構成は重装備の盾持ちが一人、軽装備のメイスを持った男が一人、後は魔法使い風の女性が一人か。

バランス的には守備メインだろうか？

でも今はメイスを持った男が最前列で戦い、盾持ちは魔法使いを守っているようだ。

見ている限りでは確かに強いとは思うが、言うほど圧倒的に強い印象を持たないんだが……。

あ、メイスの男が一人を場外に叩き出した。

「ちと相手が悪いな、参考にならん。まあ、勝てば勝つほど強敵が現れるのじゃから、手の内はまだ見せぬか……」

「ん……個々はそれなり」

「まあ奴等は……っと、流石に情報を伝えてしまうとえこひいきになってしまうな」

「そうですね。正々堂々戦いたいです」

アイナが言い終わるとほぼ同時にリングには三人だけとなっていた。

なんと最終的にメイスを持った男が一人で三人を倒してしまっているではないか。

突出したメイスの男を三人がかりで倒す予定だったのだろうが、逆に全員リングアウトしてしまっている。

『試合終了！　第三騎士団の精鋭である我らが『守護者(ガーディアン)』が勝利を収めました！』

アイリスが言う優勝候補である『守護者(ガーディアン)』のメイスの男が観客に応えるように手を上げて微笑(ほほえ)みかける。

むう、同い年くらいなのだろうが心なしか爽やかなイケメンだな。

きっとあの男はおっさんとは言われないんだろうな。

……世の中、不公平だと思う。

「……心なしか力が強くなったのう」

「気のせいだ」

「ん、主の方が格好いい」

「シロー！　後で何でも買ってあげるからなー！」

「……それでよいのか保護者よ」

いいんですー！

心の平穏が第一なんですー！

はっ！　どうせ俺は子供だからな！

「まあ、わらわも普通の優男よりお主のほうが好みじゃぞ」

「……お、おう」

くっ、まさか落としてから上げるなんてテクニックを使ってくるとは思わなかった。

悔しい、でも副隊長も同じ気持ちだったのかもしれない。

屈託のない笑顔も混ぜられると、大概は落ちるんじゃなかろうか。

「なんじゃ？　照れたのか？　褒美はアイスで良いぞ。漠然とした愛ならばいらぬ」

「あーはいはい。アイスね。明日また作ってくるよ」

「うむ。見返りのある愛は良いのう」

それを愛とは認めたくないんだけど……。

でも実際、愛に見返りは求めないって言える人って凄いよね。

やっぱり愛したら愛して欲しいし、優しくしたら優しくして欲しいって思うのが人の常だと思うんだけど。

俗物的かもしれないけど、それが自然な事なんじゃないかとも俺は思う。

「アイスじゃ、アイスー！」

今から楽しみなのかアイリスのテンションが上がっているようだが、そんなに気に入ってくれたのなら好きなだけ食べさせてあげよう。

お腹を壊しても俺の責任ではないけどな。

「次は守護者(ガーディアン)か。気合を入れなおさねばな」

「そうね。今まで通りって訳にはいかないわね」

「魔法使いが厄介っすね。出来れば早めに倒しておきたいっすけど、そう上手(うま)くはいかないっすよね……」

アイナ達は真剣な眼差(まなざ)しで既に次の試合のことを考えているようだ。

そうだよな。次は言わば準決勝。

ここを勝てば決勝だもんな。

「そうと決まれば、アップしておきましょうか」

「っすね。最初から全開でいけるようにするっす」

「作戦も考えなければな。主君、少し早いが行って来る」

「ああ。本当に、無茶だけはしないでくれよ……」

「うん」「っす」「ああ」

アイナ達三人は返事だけしてそのまま選手控え室の方へと歩いていった。

「……心配性じゃな」

「性分なもんで……。敵があんだけ強そうだとな……」

「ふむ……。お主は優しいが……いや、なんでもない」

なんだろう。

あまり褒められている気がしない言い方だな。


準決勝のもう片割れの対戦カードが決まり、ついにアイナ達の出番がやってくる。

「さて、始まるな」

「なんか、会場ごと緊張している感じじゃないか？」

「じゃろうな。今大会間違いなく目玉と言える戦いじゃ。皆がこの試合に注目しておるのじゃろう」

片や王国で『守護者（ガーディアン）』を謳（うた）う三人組。

片やAランク冒険者として名高い三人組。

どちらも元から三人組として活躍しているだけあって冒険者か、それとも騎士団かと民衆を含め期待の膨らむ一戦ということだろう。

勿論（もちろん）俺は紅い戦線（レッドライン）に勝って欲しいと望んでいるが、敵が強敵であるのならあまり無茶はしないで欲しいとも思ってしまっている。

俺は戦いに身をおくわけではないので安全第一といった考え方になってしまうのだが、心より皆が無事に帰ってきて欲しいと願ってしまう。

「シロはどうみるかの？」

「んー相手の実力が計りきれてないからわからない」

そういったシロは絶妙なバランスでカップに入った揚げモイを食べつつも、しっかりとリングが見える位置をキープしていた。

そこまで興味はない振りをしつつも、なんだかんだ試合自体は気になるようである。

当然俺も見逃す事がないようにしっかりと見える位置をキープしている。

副隊長がリングに上がり、すぅっと息を吸い込む姿を皆息を止めて見ているかのように静かになった。

『皆様お待たせいたしました！　それではこれより準決勝を開始します！　まずはアインズヘイル

に拠点を置きながらも王都においてもその名を轟かせるAランク冒険者！　良いのは見た目だけじゃない！　『紅い戦線』の登場です！』

『『『うおおおおおお！！！！』』』

副隊長の名乗りに呼ばれ、三人が力強く歩んできてリングへと上がる。

表情は真剣そのもので、どこか緊張しているんじゃないかと思えるほど顔が強張っていた。

「三人とも頑張れー！」

大歓声の中、三人に届くようにと大きな声を張り上げる。

すると、俺の声が聞こえたのかソルテがこちらを見た。

そしてソルテが小さく頷いてニコリと笑い、すぐに顔つきを真剣なものへと戻してしまった。

『続きまして！　王国最強を誇る盾！　守護者の呼び名は伊達じゃない！　殿は俺たちに任せろ！　『守護者』の入場です！』

『『『『わあああああああああ！！！』』』』

大きな歓声を受け、それに手を上げて堂々と応えながら入場してくる守護者の三人。

その顔には余裕のようなものが見え、対照的にリラックスできているように見える。

「……流石に場慣れしておるのう」

「みたいだな。ソルテ達のプレッシャーにならなきゃいいが」

「大丈夫。それくらいで怯む三人じゃない」

でも、とシロは続けたが何でもないと言うのをやめてしまった。

シロのやめた言葉も気になるが、ステージの上ではアイナとメイスの男が中央へと歩いていき握手を返した。

「初めまして、紅い戦線（レッドライン）の皆様。お噂は王都にも良く聞こえておりますよ」

「こちらこそ、アインズヘイルにいても守護者（ガーディアン）の武勇は聞き及んでいるぞ」

「それは重畳。よき試合をしましょう」

「ああ、だが勝たせてもらうぞ」

「こちらも、王国の守護者（ガーディアン）を謳っていますので負ける訳にはいきません。全力でお相手させていただきます」

アイナと相手のメイス持ちの男が軽く話をするとお互いが背を向けてそれぞれの開始位置へと歩いていく。

「あれ、随分と後ろなんだな」

『守護者（ガーディアン）』のポジションはリングの角のところに小さくまとまっていた。

それに対して『紅い戦線（レッドライン）』は中央のど真ん中で、やる気十分にいつでも突撃をかけられるように構えている。

「スタート位置は中央で分かれておれば何処（どこ）でも構わぬからな。あれも作戦じゃろう」

「中途半端に前にいると、魔法使いが真っ先にやられる。だからある程度回りこめる場所を減らして防御主体の戦い方だと思う」

「でも、その分リングアウトの可能性が高くなるんじゃないか？」

「守護者（ガーディアン）じゃからな、守りには相当の自信があるのじゃろう。現に奴等は細い道を利用して自分たちが壁となり味方を逃がしているのじゃからな」

「なるほど……守護者（ガーディアン）だからか。ん、メイスの男今回は右手に何か持ってないか？」

「短槍（たんそう）とメイスの両手持ち。多分、前衛に守らせて隙を突いて攻撃するんだと思う」

なるほど、盾男で壁を作りその合間に後ろから刺すといった具合か。

ならばメイスは何処で使うのだろう。

「……事実上の決勝戦だと思っていくわよ」

「ああ。おそらくこれで勝った方が優勝だ」

「っす。気合いれていくっすよ！」

『両者よろしいですね！　それでは試合開始ぃぃぃぃぃぃいいい！』

『『『『うおお――――』』』』

「ウオオオオオオオオオオオオオオオ！！！！！」

観客の歓声を掻（か）き消すかのような大声がリングから上がる。

盾男が空を仰ぐように叫び、メイス持ちの男と魔法使いは耳を既にふさいでいるようだ。

「な、なんだ!?」

「『重騎士の咆哮（ヘビィハウリング）』……自身に相手を釘付（くぎづ）けにする技。別の人を狙う事も出来るけど、どうしても気になって集中できなくなる。盾役に必須の技、レベルが低いと高レベルな相手には通じないけど」

「まあ奴ならば高レベルであろうな」

見れば両サイドから突撃をかけようとしていたソルテとアイナが止まり、盾男へと向かって駆け出している。

「ちっ、なら頭から叩くわよ！」

「っす！　一番槍はいただくっす！」

レンゲが正面に向かって走り出すと同時に、盾男が四股を踏むように片足を上げて地面を踏み鳴らす。

すると、リングどころか観客席までもが揺れているように感じ、レンゲも体がふらついてしまった。

「『崩脚（ヘビィストンプ）』で勢いを殺そうとしてる、でも」

「流石にモーションでわかるわよ！」

踏み鳴らした一瞬、空に跳ねて回避したソルテが槍を突き出す。

だが不安定な位置から打ち出された攻撃は軽く盾で弾（はじ）かれてしまう。

「すまねっす！」

「気にしないで！　どんどん攻め、きゃあ！」

「防御ばかりではないのですよ！」

着地を狙って盾役が身体を捻（ひね）り槍の道を空けると、メイスの男が短槍を突き出してソルテを突く。

あまりに息の合った攻撃に当たってしまった肩を押さえて後ろに飛び、追撃をかわすソルテ。

「大丈夫っすか!?」

「いいから！　前を見てなさい！」

続いてレンゲにも、と思ったのだがすぐに盾役が身体を戻して腰を落とし、一瞬たりとも見逃さんといった具合に睨みつけている。

「随分堅い壁だな。だが、私の攻撃なら！」

「貴方は私が抑える」

「なに!?」

後ろから来ていたアイナの前に巨大な氷壁が現れる。

それはソルテやレンゲと分断する為であり、アイナを暫く足止めさせるかのように分厚い氷で出来ていた。

「こんな氷！　すぐに溶かして！」

「ダメよアイナ！」

ソルテの叫びにアイナはびくりと反応し、ソルテを見る。

ソルテはこくりと頷いて守護者の方を向きなおすと、レンゲと共に盾役に向かっていった。

確かアイナは炎人族とのハーフ。

炎を使えば溶かす事も可能なのだろうけど、そこからその情報が流れるかもしれないと危惧したのだろう。

魔法なら、と思わなくもないがそこにも理由があるのかもしれない。

「くううっ、堅い盾っすね！」

「それでも突破するわよ！」

「っす！　壊せないなら吹き飛ばしてやるっすよ！」

「俺は下がらんぞ。来るなら来い」

「調子乗んなっす！」

レンゲが盾に向かって拳を打ち出したと思ったら、寸前で勢いを殺し盾に掌を添える。

そして腰を落とし腕だけの力ではなく肩や腰の捻りを加えて強打を打ち込んだ。

だが、盾役は絶妙に角度を変えて力を受け流すと、すぐさま身体を捻る。

そしてそこに呼吸のあったコンビネーションで繰り出されるのはメイス男の短槍である。

「っぎ！　ぐうううっ！」

大技の隙を突かれたレンゲは腹部に強打を受けてしまい、顔をゆがめてしまう。

「今の内に！」

『重騎士の咆哮』の効果が切れたのかソルテがまだ体勢を整えていない盾男の上を飛び去り、魔法使いに向かって槍を打ち込もうと空中で構えを取った。

「ダメ、罠」

「シロ？」

シロが小さく呟くと、ソルテの前に一つの影が現れる。

「待っていました」

先ほど短槍をレンゲに放っていたはずのメイス男が、空中でソルテを迎撃する為にメイスを振りかぶって飛び上がり思いっきり叩きつけるようにソルテへと振り下ろす。

「がッ……！」

「ソルテ！」

アイナの叫びもむなしく、勢いよく叩きつけられたことによって体が地面に触れた後跳ねる様に少し浮かび、すかさずメイスの男が空中で体勢を変えて返す刀のように下からメイスを振りぬく。

「ふむ、二撃目は防がれましたか……」

「げほっ！ッつうううう……」

二撃目はどうやら防いだようではあるが、どう見ても重傷だ。

だがソルテの闘志は衰える事はなく、口に溜(た)まった血を吐き出して流れ落ちる血を拭って振り払うと、一歩を踏み出す。

だが膝が砕けたように前のめりに倒れそうになってしまって、そこに氷の壁を壊して現れたアイナが肩を貸して倒れるのを阻止した。


「大丈夫か？」

「当たり前でしょ……。すぐ行くから……」

「……わかった」

槍を杖代(つえ)わりにして立つソルテを置いて、前線を保っているレンゲの下にアイナが近づき、そのまま盾男へと一刀を加えるが、盾男の鉄壁はものともしない。

レンゲも先ほどの一撃のせいか動きに精彩を欠いているように思えた。

「はあああああっ！」

「ふん！　力だけは褒めてやるが」

「自分もまだ、いけるっす！」

「ちょこざいな。貴様は寝ていろ！」

盾の男が身体を捻り、短槍が放たれるとレンゲはそれを回避する。

「流石に何度もあたらな――っ！」

「ふんぬ！」

だが、そこに盾男の盾が横薙ぎに放たれると、レンゲは回避が出来ずに腕を使ってブロックするが、そのままリングの外へと吹き飛ばされそうになってしまう。

「レンゲ！　摑まれ！」

「すまねっ、アイナ！　ガード!!」

アイナが手を伸ばし、その腕を摑んで辛うじてリングアウトを回避したと思いきや、続けてメイスの男が前に出てくると他所を向いているアイナに向けてメイスを横薙ぎに振り抜いた。

ガードの声に反応して剣を構えて防ごうとするが、逆手ということもあり、支えられる事ができずにわき腹へとメイスが命中してしまった。

「がはっ！　だが！」

痛烈な一撃を受けたもののアイナはレンゲの手を放さず、そのまま勢いをつけてレンゲをメイス男の方へと回し、それにあわせてレンゲはとび蹴りをするのだが、すんでのところで横から現れた盾男によって防がれてしまった。

「助かりました」

「なに、俺の仕事をしたまでだ」

「くううう、今のも決まらないんすか!?」

反動でリングに戻ったレンゲだが、アイナも含めてダメージは大きそうである。

ソルテも、まだ回復し切れていないのだろうがなんとか固まって盾男を打ち破ろうとしている。

だが、力の入っていない槍では簡単に盾で弾き返されてしまっていた。

「なんで……なんで通らないのよ……」

あのソルテの悲痛な声が、現在の絶望的な状況を物語っているようであった。

「……対人は不得意ですか?」

「え……」

メイスを持った男の小さな一言によって、ソルテの動きが止まってしまう。

「失礼。……戦ってみてわかりましたが、あなた方と僕達では戦いの質が違うようです」

「なんだと!?」

「おい、ローラン戦いの最中だぞ」

「そうでしたね……。ですが、これにて終幕です」

『凍りつく世界』

突如ソルテと守護者達の間に白いモヤのようなものが現れると輝き始め、選手達がモヤに包まれていく。

「そのダメージでは体は凍り、やがて指一つ動かなくなるでしょう。どうか、降参してください」

「嫌よ！」「嫌っす！」

「断る！　それにこの魔法ならばお前達にもダメージはあるだろう！　それを勝機にすれば！」

「残念ながら、僕達はアクセサリーで防いでいます。保熱効果のあるアクセサリーを持ってきているのですよ」

「初めから狙い通りと言うことか！」

パキパキと音を立ててリングから凍結していっているのだが、三人は既に満身創痍で避けようにも逃げ場がない。

「っぐ、足が！」

地面についている足が徐々に凍りつき動かなくなっていき、身動きが取れなくなってしまっているようだ。

「降参なんて……絶対嫌よ！」

氷にも寒さにも抗うようにソルテは足を動かそうとするが、もはや動かす事もできないほどに凍りつき始めてしまっていた。

これ以上はまずい。

「ソルテ！」

そう思うと同時に俺は叫んでいた。

声に反応して顔をあげて俺と視線を合わせるソルテ。

その顔は、悲しそうに歪(ゆが)んでいく。

だが一度顔を伏せると、小さな声で呟いた。

「降参、するわ……」

その一言をひねり出すのに今の間だけでどれほどの葛藤があったのかはわからない。

それでも、ソルテが応えてくれて良かったとほっとしてしまった。

「ロコ！　魔法解除を！」

「はい！」

ソルテの降参の宣言と同時に白く冷たい風が止(や)み、運営側の魔法使いが徐々にリングを覆っていた氷を溶かしていった。

すぐに氷は溶けきり、足が動かせるようになると三人はそのままリングに倒れてしまう。

「おい、大丈夫か!?　副隊長、担架！」

『あ、紅い戦線(レッドライン)が降参を宣言しましたので、勝者『守護者(ガーディアン)』です！　それと大至急担架を！　三つですからね！』

『『『『お……おおおおおおおお！！！』』』』

勝ち名乗りを受けた守護者(ガーディアン)が歓声に応えているが、俺にとってはそんなどうでもいいことよりも三人だ。

彼らの横を担架が通り、アイナ達を乗せて運んでいくとそれを目で追いかけてしまう。

「俺も……っ！」

「待たんか。すぐに主であるお主に連絡が来るから待て。すれ違いになったら入れてもらえぬぞ！」

「っ！」

ああ、くそ！

だったら早く来てくれ……っ！

「ご主人様……」

「主、落ち着く……」

「ウェンディ、シロ……」

二人とも心配そうな目で俺を見ている。

多分今、酷い顔をしてるんだろうな……。

「悪い……。はぁー……」

大きく息を吐いて落ち着くように努める。

俺が慌てちゃダメだよな。

「失礼します！　こちらに紅い戦線（レッドライン）の主様はいらっしゃいますか？」

「はい！　俺です！」

呼ばれてすぐにアイリスとシロをソファーに降ろして立ち上がり、大会運営の人と思われる男に近づく。

「では医務室へとお連れいたしますので、ついてきていただけますか？」

「シロも行く」

「申し訳無いのですがあまり広くないのでお連れ様は……」

「シロは小さい。だから行く」

「シロ。あまり我儘(わがまま)を言わないでくれ」

「……お願い。行かせて欲しい」

シロが真っ直(す)ぐ真剣な瞳で俺を見つめていた。

普段から我儘放題だが、俺が注意すればやめるシロ。

だがこの頑(かたく)なな姿勢を見るに、どうしてもシロには行かなければならない理由があるようだ。

「すみません、どうにかお願いします」

「……わかりました。ではついてきてください」

「ご主人様！」

「悪い、ウェンディはアイリスの事を頼む！」

「かしこまりました！……どうか私の分まで元気付けてあげてくださいね」

「ああ、ちゃんと元気付けられるように頑張るよ」

出来るかどうかなんてわからないけど、もしかしたら俺が行くのは逆効果なのかもしれないけど。

それでも、俺は行かなきゃならない。

今は三人が無事であることを何よりも願いつつ焦る気持ちを抑えて案内してくれる男の背中を足早に追っていった。

第4医務室と書かれた札が垂れ下がった扉の前にたどり着くと、案内してくれた人が横に避けて入るように促してくれる。

俺は頭を少し下げて案内してくれた男に礼を言うと内心慌てながら扉を開けて名前を叫んでしまった。

「アイナ！　ソルテ！　レンゲ！」

「なにようるさいわね……」

「主君。我々しかいないとはいえ、病室は静かにだぞ」

「そうっすよー」

……あれ？

ベッドで横になり、包帯を巻かれてはいるものの平気そうだぞ。

「えっと……傷の具合とか……」

「大丈夫よ。こんなのクエストに行ったらしょっちゅう受ける傷だから」

「そうなの……か？　ポーションは飲んだのか？」

傷が残るようなら隼人に頼んで霊薬を貰ってくるぞ？

それか材料を集めてきてもらうが……。

「ああ、しっかり飲んだから安心してくれ」

「後遺症とかも問題ないか？」

「大丈夫っすよ。流石にまだ痛みはあるっすけど、全然平気っす」

「本当か？　無理してないか？」

「疑り深いわねえ。今すぐ飛び起きてあげようか？」

「いやいやいや。わかったよ……」

そうか……平気なのか……。

「良かったあ……」

はぁ、と一息つくと気が抜けて椅子に座り込んでしまう。

「なに？　心配してたの？」

「当たり前だろ……」

「……そっか。ありがと。でも、大丈夫だから」

「はぁー……。あ、一応薬も出しとくな」

万能薬（劣）が確かあったよな。

回復ポーションよりも効果が高いし、これがあれば大丈夫だろう。

「……ううん、薬はもういいの」

「うむ。今日の痛みを覚えておこうと思ってな」

「いやでも、ちゃんと治した方がいいぞ……？」

「わかってるっすよ。ただ、まだ少しだけこのままでって事っすよ」

うーん……俺としては痛いなら早く治るほうが絶対いいと思うんだが……。

「まあ置いておくから使いたくなったら使ってくれよ」

「ああ、そうさせてもらうよ」

「本当、心配性なんだから……」

ソルテが呟いた後、少しの沈黙が訪れる。

「……ごめんね。負けちゃって」

この空気が嫌で、俺が口を開こうとしたらソルテが先に口火を切った。

「……気にすんなよ。格好良かったぞ」

「うん……でもさ、せっかく応援してくれたのに……」

「試合前にも言ったろ？　無茶すんなって。だから、あそこで意地を張らずに降参してくれて良かったよ。皆が無事なら、それでいい」

「……うん。あーあ。疲れちゃった。ねえ、私達寝るから、残りの試合見てきていいわよ」

「え、いやでも……」

「あんたがここにいてもしょうがないし、そこにいられたら、気が散って眠れないでしょ。こっちは痛いわ疲れてるわで寝たいのよ」

「わ、わかったよ……」

ソルテの剣幕に気圧（けお）されて退場を余儀なくされたがシロは動かなかった。

「主、先に行っててていいよ」

「へ？　あー……わかった」

俺は部屋を出て少しだけ歩き壁に背をつける。

盗み聞きをするためじゃない。

あくまでも、シロを待っているだけだ。

「……なに？　笑いに来たの？」

「笑って欲しいの？」

「……じゃあ、何のために来たのよ」

「シロに聞きたいことがあるかと思って？」

「ッ！」

「あってた？」

声は小さいながらも、周りが静かな事もあって意識を集中すれば中の会話が聞こえてくる。

「……あんたなら、あの男が言っていた意味わかるんでしょ？」

「戦いの質？」

「そうよ！　あいつらからは少しだけだけどあんたみたいな感じがした！　格上って事だと思ったけどあの言い方は違うのよね？」

「違う」

淡々とシロは質問に答えていく。

俺がいたときのような少し明るい空気ではなく、声音も低くなっているように思えた。

「それはなんなんすか？　何が違うっていうんすか？」

「……これから話すのはあくまでもシロの個人的な見解。それでも聞く？」

「いいわよ。言ってみなさいよ！」

「わかった……まず第一に対人戦闘の経験が少なすぎる」

「それは……。流石に今回の戦いで気づいたわよ」

「っすね。まあ納得はしたっす」

「ん。これはこれからシロが相手をするから別にいい」

「あ、そう……ありがとう」

シロがこれから相手をすると言った事が意外だったのか、ソルテが間の抜けたような声で呟いた。

「ん」

「第一ってことはまだあるのだろう？」

「第二に冒険者っていう職の弊害」

「冒険者だからダメって言うんすか？」

レンゲが少し苛立(いらだ)ったような声色に変わっている。

そりゃあそうだろう。なんせ、自分達は冒険者で、冒険者だから弱いのだと言われているのだから。

「冒険者はそもそもどうしてランク分けされてるの？」

「それは適切なレベルで無理のないよう管理する為に――」

「そう。レベルに見合った敵を用意されているだけ。無理がないように、あくまでも死なないように調整されてる」

「……私達は格上相手の戦闘も少なかったって言いたいの？」

「それはうちらが雑魚しか狩ってこなかったって言うんすか？」

「私達だってクエスト中に予期せぬ強敵に出会ったり、緊急招集で大型の強大な魔物の討伐をした事くらいはあるぞ」

「んー……少し違う。単刀直入に言えば、生ぬるい」

ダンッ！　と机を叩く音が聞こえる。

「言ってくれるじゃない。私達の今までが生ぬるい戦いだったって言いたいわけ!?」

「兵士は、無茶な戦場でも駆りだされる。死ぬとわかっていても逃げ出す事は出来ない。根幹で既に戦いに対しての意識が違う」

「冒険者だって逃げ出すことが出来ない強敵に出会う場合もあるっすよ！」

「出会ったの？　死にかけるほどの強敵に？」

「死にかけるまでは……じゃあシロはどうなんすか!?　シロは兵士の経験でもあるって言うんっすか？」

「ないよ」

「じゃあ――」

「でも、死にかけた事ならある。何回も。……シロは、小さい頃からエルデュークの森で育ったから」

「なっ!? 嘘でしょ……?」

「本当。毎日、死ぬ思いしかしてなかった」

エルデュークの森がなんなのかわからないが、危険な場所であることは間違いないだろう。

シロが毎日死ぬ思いしかしてないって……まだそんな小さい時になんでそんな……。

「殺して、喰らって、奪って、利用して、毎日食うか食われるかだった。死にたくないから必死で生きた。生きるために何度も戦った。三日三晩眠れない日もあった。一日たりとも安心なんて出来なかった。それが日常だと思ってた」

「喰らってって……あんた……」

「魔物を殺して食べないと、あそこじゃ生きられない」

「火はどうしたんすか……?」

「火なんてつけたら狙われる。そのまま肉を食べるだけ。毒があろうと、麻痺しようと、耐性をつけながら食べる」

「それは……」

壮絶だな……。

シロの過去にそんな事があったなんてまるで知らなかった。

「だから、本質的に三人とは戦う事への意識が違う」

「じゃあ、どうしろっていうのよ！　死にかけて来いとでも言うの？」

「最初に言ったけどあくまでもこれはシロの見解。正しいかは別だし、どうすればいいかはシロはシロの方法しか知らない」

「弱い理由はわかるけど、強くなるには自分で考えろって……投げやりすぎじゃないっすか？」

「別に。三人がどうするのかをシロが決めるわけにもいかないから」

「それはそうだが……」

「でも……前を向くしかない。そうじゃないと、主の傍にいられない。……ちょっと違った。自分自身を認められない？」

「っ……」

「じゃあ、シロは行く」

「……ねえ、一つ聞いていい？」

「ん？」

「あんたは、どうして大会に出なかったの？　あんたなら、優勝も考えられたんじゃないの？」

「シロは隼人には勝てない。でも、その次位にはなれたと思う」

「……なら、主君は褒めてくれたのではないか？」

「ん……アイナ達が優勝して、シロも準優勝すると注目を浴びる。そうなると、自然と主にも注目が行く。主が困るのを、シロは望まない」

……だから、シロは大会に出なかったんだな。

それにしても、隼人の次って謙虚なんだかわからないな。

「シロは自分達が優勝すると思ってたんすか？」

「……それだけの力はある。気持ちも入ってやる気もあった。だから……相手次第ではあるかもって思ってた。でも……ちょっと、気持ちが入りすぎてたと思う。三人いるんだから、全員が接近じゃなくても良かったと思う」

「そうか……期待してくれていたのにすまない。ありがとう」

「ん」

シロが扉を開けて出てくると、扉を閉めてまっすぐに俺の下に来る。

「……俺がいるの気づいてたか？」

「んー。でも、わかってた」

「そっか……」

「主も悪い。主が中途半端な真似をするから、三人もどうすればいいのかわからない」

「……はぁ。わかってるつもりなんだが……」

俺は、三人が好意を持ってくれている事には気づいている上で、あえて壁を作っていたって自覚している。

『犯罪奴隷』と言う部分に引っかからないのかと言われれば引っかかりはするが、そんな小さな事を気にする俺じゃない。

好きだと言われれば受け入れるし、抱いてくれと言われれば喜んで抱こう。

それくらいには三人の事も好きだ。

だけど、今の三人は俺以上に現状を気にしてしまっている。

犯罪奴隷という立場が三人の後ろ髪を引いているように思えるのだ。

多分、このまま俺が三人に手を出そうとすれば受け入れてくれるとは思う。

だがそれは、罪の意識が数%でも含まれてしまうだろう。

それがわかっているからこそ、俺は手を出さない。

一生物の傷をつけ、思い悩ませてしまうだろうから。

「……シロとウェンディがいて、これ以上の幸せを願ってもいいのかなって、ばちでも当たるんじゃないかってのもあるんだよな……」

「幸せに際限なんてない」

「いい事言うね君……」

まさしくその通り。

一つだけの幸せしか手に入れられないなんて事は無い。

二つ三つと願い、望んでも、ばちが当たるなんて因果関係もないんだよな。

「でも現状、主に出来る事は無い。だから、三人がどうするかを決めるのを待つしかない」

「歯がゆいな……」

「仕方ない。主が招いた結果」

「うう、シロが冷たい……」

辛辣に言い放つシロだが、その通り過ぎて何も言えない……。

「……だって、このまま行くとシロよりも早く三人が抱かれる。シロも早く主に抱いてもらいたいけど、シロの問題は時間しか解決してくれない。自分達で解決できるだけ、あっちはマシ」

「……三人が前を向くって思ってるんだな。そういえば、優勝するとも思ってたんだろ？」

「……前を向かなきゃ望んだ道へ進めない。優勝は……したら全部解決すると思ったから、そう言っただけ」

そんな強気な発言をするシロの耳が少し紅（あか）くなり、少しだけ悔しそうに口元を隠すのだった。

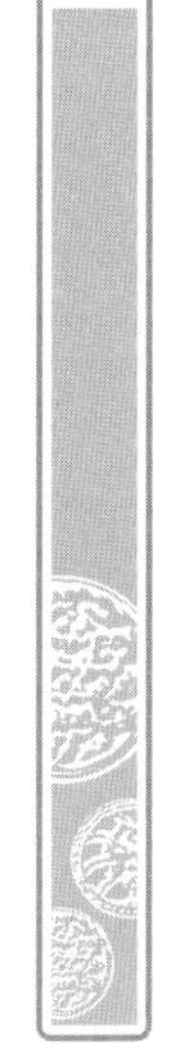

結局、チーム戦の最大の見せ場は『紅い戦線（レッドライン）』と『守護者（ガーディアン）』の戦いで、最後の決勝はあっという間に『守護者（ガーディアン）』が勝利を収める形となり、チーム戦の優勝者は『守護者（ガーディアン）』の三人が輝いた。

翌日の個人戦の優勝者は隼人（ハヤト）と、大番狂わせも無く『王都一武術大会』は幕を閉じた。

「これで、イツキさんは帰ってしまうのですね……はぁ……」

「そう情けない声を出すなよ優勝者」

「優勝者って……騎士団長も多忙で出てこられませんでしたし、去年の雪辱も果たせていないのですけど……」

そう。隼人が参加した個人戦の前年度優勝者である騎士団長は今回不参加で、決勝は隼人とミィの戦いだったのだ。

なんというか、観客からしたら普段見られない英雄のパーティ同士の戦いにわくわくしたのだろうが、俺達（たち）は鍛錬で見慣れているからな……。

「お土産も買ったし、そろそろ家の風呂が恋しくなってきてるしな」

「そうでした……イツキさんにはもう家があるのですもんね……」

「ああ。帰ったらまず掃除だけどな。なあソルテ」

「……え？　ええ、あ、そうね」

……大会が終わってから数日。

すっかり傷も癒えたはずだが、元気が無い。

それはアイナもレンゲも同様で、どうしたもんかと思っているとウェンディも困ったような顔を向けてくれた。

食事中も無言で、ただ作業のように食べる三人は、何かに悩んでいるような感じがする。

だが、その悩みを俺は聞くことが出来ない。

ただ待たなければならないのはやはりやきもきしてしまうが、俺にはそれを聞く権利がない。

「おかわり」

「あ、はい。まだ食べられるのですか？」

「ん。美味しいご飯はいくらでも食べられる」

「ふふ。見事な食べっぷりですからね。作りがいがあります」

クリスはトロッとしたモイのスープを注ぎ、そこへお肉を追加してパンを添えてシロへと渡す。

静かに食事をするソルテとは裏腹に、ガツガツと今日も特盛おかわりを繰り返すシロ。

相変わらずこの小さな体の一体どこに入るのだろうと考えていると、食べ終わったのか普段の俺の真似をして手を合わせる。

「ご馳走様でした。……主」

「ん？　どうした？」

シロが皿を置いて真剣な眼差しを俺に向けてくる。

「隼人と、模擬戦がしたい」

「へ？　帰る前にって事か？」

「ん」

「そりゃあ、隼人が良いって言うなら構わないけど……」

「……本気の、模擬戦がしたい」

本気のって……本気で戦うって事か？

「……どうしてだ」

「必要だから」

普段どおりの淡々とした口調。

だが、その言葉にも眼差しにも強い意志が籠められており、真剣な感情を露にしていた。

「シロ？　何を言っているのですか？　ご主人様を困らせてはいけませんよ？」

「わかってる。でも、今必要なの」

普段のシロであれば、俺を困らせる事に躊躇する。

だが、今は一切の躊躇なく俺に訴えかけている。

「……ご主人様」

ウェンディは心配な気持ちを残しながらもシロの決意が変わらぬと見て俺に判断を委ねるような視線を向けてきた。

……これは、諦めないだろうな。

「そうだな……隼人はどうだ？　頼めるか？」

「僕は……今日なら構いませんけど、本気となると庭ではまずいでしょうね……」

あー確かに。

しかも街のど真ん中だもんな……。

んんー……仕方ない。あいつに頼んでみるか。


「くっはっはっは！　わらわ降臨である！」

はぁぁ……。

俺はアイリスから気に入られたらしく、ギルドカードを交換しようと持ちかけられ、枠も空いていたしせっかく仲良くなったのに拠点が違うから会う機会も少ないしなと思い交換したのだが。

「いやはやまさかシロと隼人の戦いが見れるとはな！　大会の個人戦は決勝以外に見ごたえの無いつまらぬものであったからこれは重畳！」

「……いやあの、観客は無しって言いましたよね？」

アイリスならばどこか良い場所を知っていそうだなと相談すると、わらわが用意すると言うのでお願いしたのだ。

その際にシロが目立つ真似はしたくないという事で、観客は無しでお願いしたのだが……。

「なあに、わらわとアヤメ。それにわらわのシノビ以外はおらぬぞ！」

「いや、お前らがいるじゃねえか」

レティ達もいるが、それは隼人がいるのだから当然だろう。

だが、お前は関係ないはずだ……。

「それは当然である。わらわが手配して、この闘技場を借り受けたのだぞ？　それにアヤメが一目置いたシロと英雄隼人の一戦じゃ。これくらいの対価は当然であろう」

「そりゃそうだが……。それにしても、アヤメさんはシロに一目置いてたの？」

「……なんですか？　何を見ているのですか？　踏み砕きますよ？」

どこを!?

別に普通に見ていただけなのに……。

アイリスには懐かれたようだが、アヤメさんからの好感度は一向に上がらないようだ。

「……当然でしょう。あの年で私に対してあれほど堂々と啖呵を切るのですから。相手の実力を理解出来なくては、護衛の仕事が出来ませんので」

あ、でも普通に答えてくれる程度にはなったらしい。

やはりあれか？

アイスクリームの力か？

「それにほれ、隼人とシロが本気で戦うとなれば、音も響くであろう。見られたくないのであれば、覗きに来る者がおらぬよう警備を用意せねばならぬ。であれば、わらわの手の内の者のほうが良いだろう？」

「……そうだな。でも、他所で話すなよ」

「うむ。お主が目をつけられては面白くない。お主を他の貴族連中に取られるのは惜しいからな」

高くかってくれている……というのは嬉しいが、きっと惜しいのは俺ではなくアイスクリームなんだろうな。

「で、だ。何ゆえ二人が戦うのだ？」

「んんー……シロが必要って言うからさ」

ステージの上で準備を始める二人に目を向ける。

お互い完全装備。

武器は模擬戦用の物を使うのだが、二人からすれば全力で戦うのならあまり関係が無いらしい。

極限の中であっても有効打が入る前にわかるので、寸止めには出来ると豪語するのだから、俺はそれを信じるしかないのだ。

「必要？　何にだ？」

「わかんない。でも、シロが言うってことは、必要なんだろうさ」

俺は一瞬ちらりと少し離れたソルテ達を見る。

彼女達の六つの瞳は、真っ直ぐにシロと隼人の二人へと注がれていた。

「こちらは準備はいいですよ」

「ん。問題ない」

「では……始めますか」

「ん。行く」

二人がある程度の距離を取ったままそれぞれが構え、隼人が銀貨を一枚親指で空高く弾き飛ばす。

審判のいない二人の戦いは、今まさにコインが落ちてキンと鳴った瞬間に始まった。

「……ん」

シロの周囲を黒い影が包み込む。

やがて、胴が長く尻尾も長い何かの動物を形容した形を取った。

そして、それと同時に黒い太刀筋のような線を残してあっという間に隼人へと肉薄する。

「あれは……黒い――」

「黒鼬……？　いえ、そんな馬鹿な……」

「アヤメ。知っておるなら説明せい」

「申し訳ございません。心当たりはあるのですが、でも……それは、ありえません」

「良い、言うてみよ」

「……ではおそらくですが、黒猫族の秘技かと思います……。ですが、黒猫族は既に……」

「うむ。それにシロはどう見ても黒猫族ではない……か」

「……あのアイリス様。それよりこの男斬ってもいいですか？」

「なんで!?」

「人の太ももをじろじろと……斬りますね」

俺が座っていてアヤメさんが立っているのだから、たまたま目線の高さが太ももと同じ高さだったっただけなのに!?

見たのだって一瞬だよ!?

たまたま！　同じ高さだったから、そりゃあドキッとして目に留まりもしたけど一瞬だったよ!?

「やめんか……わらわに血がかかるじゃろう」

「そういう問題じゃないでしょ……。で、黒猫族ってなんなんだ？」

「ふむ、アヤメ説明してやれ」

「……ちっ。いいですか。そのいやらしい目の横についている耳の穴をかっぽじって良く聞いてくださいね」

おおう……この一時でまた随分嫌われたものだ。

大体視線の位置にわざわざ裾が来るように現れたのはアヤメさんだぜ？

俺は悪くない！

ただ真っ直ぐ振り向いた結果、裾もとい太ももがあっただけなのだ。

「……黒猫族は、かつて一族で傭兵として活躍していた武闘集団です。戦争の際はまず各国が彼らを雇えるかどうかで勝敗が変わると言われるほど強力でした。そして、彼らは『被装纏衣』と呼ばれる黒き影を纏い暗殺、夜襲においては右に出るものはなく、野戦においても一騎当千の働きをしていたと言われております」

「じゃあ、シロにまとわりついてた影みたいなのがその、被装纏衣じゃないかってわけか」

「そうです。虫並みに小さな頭でも理解できたようで良かったです」

「で、話が過去形って事はあれか？　黒猫族ってのは既に滅びているか所在不明で、その被装纏衣ってのは一子相伝のような技だから門外不出でシロが使えるのはありえないってところか？」

「なっ！……ええ、そうですよ！」

「にっしっし。意外と頭が切れるのじゃな。アヤメ、一本取られたな」

いや、まあ話の流れと言うか大体こんな感じだろうっていう予想だけどね。

多分ファンタジーとか好きな流れ人なら誰でも予想できるんじゃないかな。

「しかし、そうなると疑問よな。何故、黒猫族でもないシロがその技を使えるのか……」

「……」

「お主も知らぬのか……」

「ああ。俺も知らない……」

そっか、俺もまだシロについて知らない事が沢山あるんだな……。

「んんんっ！　やっ！」

「ハァァ！」

黒い影を纏ったシロが隼人に肉薄し、ナイフと剣を合わせたと思ったらシロが離れ、また勢いをつけて接近する。

「力の加減が上手いですね。弾き飛ばせません」

「ん。『黒鼬』力は無いから、隼人とまともには打ち合えない」

「なるほど。ただし、速度は相当なものですね」

「ん。そういうスキル」

あくまでも模擬戦ということで、悠長に話はしているようだがそれでも発言と違って行動は激しく、甲高い金属と金属がぶつかり合う音が絶え間なく響いている。

シロが走ると黒い線のような軌跡が生まれ、隼人を基点に円が描かれるようにシロが襲い掛かっていた。

「はぁっ！」

「っ！」

隼人は冷静に盾を使って防ぎ続けていたのだが、そのまま盾を押し出す形でシロをかちあげると、着地を狙って前進する。

シロは着地間際に二本のナイフを隼人めがけて投げ、そのまま投げたナイフを追い越して迫り、ナイフを防ごうと盾を構えた隼人に蹴りを入れて宙返りをしながらナイフを回収した。

そして、宙返りの軌跡に沿うように隼人の斬り上げが通り過ぎる。

「やりますね……」

「そっちも。流石」

二人はにこやかに笑い楽しんでいるようだが、戦闘がハイレベルすぎる上に紙一重での回避に俺は冷や冷やだよ……。

「やはり、『被装纏衣・壱被黒鼬』……文献どおり、黒き影を被り太刀筋が如く速度が異常に速いですね」

「アヤメさんは随分と詳しいんですね」

「こやつの家は古くから傭兵の家柄でな。真面目ゆえにおぼこなのじゃが、その手の話ならば大抵知っておるのじゃ」

「ええ。黒猫族も同じ傭兵ですから。ですが、文献で見ただけのものが目の前に……って、貴方(あなた)は話しかけないでいただけますか？」

ええ……さっきまで目を燦爛(さんらん)と輝かせて語っていたのに、途端に凍死させられそうな程に冷たい視線へと変わってしまった。

「……とはいえ、これではなお更他の貴族にお主を取られるわけにはいかなくなったな」

「ん？　なんでだ？」

「アイスクリームを作る創造力だけでも手放すには惜しいというのに、Aランクの冒険者、黒猫族の技を使うシロに、超一流の女子であるウェンディ……。下手な貴族に取り込まれればこれら全部を取り上げられる事もありえるぞ」

「よし。俺はどこにも取り込まれないぞ」

貴族は！　これだから貴族は！

どうしてこう貴族の嫌なイメージはイメージ通りなのだろうか！

「まあ、待て。わらわのところであれば召し上げなどはせん。何かあればわらわの名を出せば良い。無論、見返りはいただくが……」

「アイスか……」

「うむ！　お主にとっては軽いものであろう？」

まあ確かに、アイスくらいで今後の心配の一つが減るのであれば軽いものだな。

しかもアイリスは王族。

位でいえば、王の次にあたる公爵と同等かそれ以上と見て良いだろう。

「……わかった。アイリスに任せる」

「うむ！」

「が、面倒なことには巻き込むなよ」

「まあ、協力してほしい時は力になってもらいたいが、無理は言わぬよ」

「ああ。じゃあ、よろしく」

俺とアイリスは軽く握手を交わす。

仲は良くなっていたが、これで正式に俺はアイリスの庇護下に入ったわけだ。

王族だ貴族だと関わるのは面倒だと思っていたが、アイリスとならばよい関係を築けるかもしれないな。

「見てください。試合が動きますよ」

そんなアヤメさんの一言で、俺とアイリスも即座に視線をリングへと向けた。

「ん……温まってきた」

「準備運動は終わりですか？」

「ん。付き合い感謝。でも、もう少し付き合ってもらう」

シロにまとわりついていたはずの黒い影がふっと消え去り、今度は形を色を変えていく。

「すぅ……はぁ……『弐装灰虎』」

シロが呟くと灰色の、先ほどよりも大きなもやがシロを包み込む。

所々に黒い紋様を残し、灰色の衣を覆い被せるように纏う。

それはまさに、灰色の虎であり、大きな灰色のもやはシロの持つナイフまで過剰に覆い尽くしてしまった。

「ビリビリきますね……凄い」

「久しぶりだから、出すまでに時間が必要だった。でも、出せて良かった」

「今度はどんな効果なんですかね……」

「ん。やればわかる」

「そうですねっ！」

今回は隼人から前にでた。

一つの踏み込みであっという間に自身の剣の届く距離まで詰める速さは、先ほどのシロの黒鼬にも匹敵するほどのものだった。

「ふっ！」

「ん」

腰の入った横薙ぎに振るわれる剣。

普段鍛錬で見ていたものよりも数段早く、数段重そうな一撃がシロへと見舞われるのだが、シロはナイフ一本で軽々と受け止めてみせる。

「……なるほど。今度は力ですか」

「ん。パワー負けはしない」

シロが受け止めていた剣を外し、攻撃に転じると隼人はすかさず盾で防ぐ。

だが、シロの振るったナイフの一撃が重く鈍く盾を殴りつけ、隼人の靴をすり減らしながら後方へと下げさせる。

「っ……」

シロはただ普通に振っただけといった印象を残し、先ほどとは違いゆっくりと攻めにいく。

「……『大牙』」

シロが二つのナイフを上下から振るい、まるで大きな顎を彷彿とさせる一撃を放つが、隼人はそれを瞬時に上下に打ち分けて防ぐ。

「『巡爪』」

シロが体を捻り、横に振るう二連撃を放つも、そこはしっかりと盾を使って防がれてしまう。

「堅い……でも、これはどう？」

シロが隼人の上に跳び、そこから回転を加えて豪雨のような連撃を繰り広げていく。

一撃一撃の重みが音となり、隼人の剣と盾を叩いて響かされると、隼人の足が段々と折れて沈んでいく。

だが、隼人はリズムを掴んだのか防ぐのではなく膝を伸ばして剣を差し入れる。

すると、シロは回転を無理やりに止めて間一髪体を反らして回避した。

そのまま伸びてきた剣を叩いて着地をすると、そこを狙って隼人が詰め寄っていた。

「ふっ！」

「っ……」

今度は隼人が体を捻り、腰を入れての一撃を入れるとナイフで防いだシロの顔が少しだけ歪(ゆが)む。

「はぁぁぁぁ！」

その後、隼人は足を止め、シロもそれに呼応するようにお互いの攻撃の届く範囲で上下左右様々な方向から打ち合いを開始した。

「んっ！」

「おおお！」

お互いの攻撃を攻撃で防ぎつつ、相手をねじ伏せるために圧倒的なせめぎ合いを繰り広げる。

やがてその斬撃は二人を中心にリングまでをも削り始める。

「隼人と打ち合ってる……？　嘘(うそ)でしょ？」

「やっぱりシロは強いのです……」

「隼人様……」

「心配はいらないわよクリス。二人とも達人の領域だから、大怪我(おおけが)することはないはずよ」

「うう……そうとわかっていても心配ですよ……」

レティ達も驚きを隠せないようで、心配そうにこの戦いを見守っていた。

そうだな……二人からは大丈夫だと聞いてはいるが、心配は心配だよな……。

「……あの速度でフェイントも織り込めるのか？　これは……次元が違う」

「はぁぁぁ……まさかここまでとは思わなかったっすね……」

……アイナ達も椅子から立ち上がり、かぶりつくように体を乗り出して二人の戦いに魅入っている。

ただ、ソルテの表情は苦虫を嚙み潰したように苦々しいものだった。

「っ……主様。下で見てきてもいい？」

「え、ああかまわないけど、気をつけろよ？」

「わかってる」

「ソルテ？　どうしたっすか？」

「わからんが、我々も行くぞ」

「っす！」

駆け出したソルテの後ろを追いかけていくアイナとレンゲ。

「……まあ、この戦いならば近くで見たいものだろう」

「私も行きたいところですが……」

「行ってもよいぞ？」

「いえ、護衛ですから」

「警備もいるし、ここほど安全な場所もないだろう……」

「だな。レティ達もいるし、問題ないと思うが……」

「そうでも……ありませんよ」

アヤメさんが刀のような刀身が薄く幅が狭い武器を取り出し、俺達の前に立って横薙ぎに一閃して何かを切ると、余波らしき風が前髪を上げさせて顔に当たる。

「……余波だけで、貴方の腕が千切れますよ？」

「どんだけだよ……」

二人の剣戟はどんどん激しさと速度を増していく。

それにともない、リングに走る剣線の数が増え、リングが悲鳴を上げるように音を立てて砕け始めていた。

「っ……これはしんどい」

「限界ですか？　速度が落ちてきてますよ？」

「ん。この技は得意じゃない」

「なるほど……確かにシロさんには力よりは速度の方が合っていますね」

「ん。でも、速さだけじゃ隼人には足らない」

互角に思われた二人だが、明白に表情と台詞からシロがだんだんと押され始めたようだ。

「シロ！」

そこに、ソルテ達がリングサイドへと到着し、リングへと肉薄した。

「ん。……ふう」

ソルテに気づいたシロが、隼人の剣をしっかりと止めると暴風のような風が収まった。

「あんた……」

「ん。そこで見てるといい。シロの本気を」

そう言うや否や受け止めた剣を弾いてシロは後ろへと跳び、隼人と距離をとった。

そして、灰色のもやを消すと目を瞑る。

「……まだ、あるのですか？」

「うん。これが最後。でもこれは、長続きしない」

「先に言ってしまって良いのですか？」

「ん。これは模擬戦。命をかけるようなものじゃない。それに、隼人は主の敵にはならない……と思った」

「……そうですね。僕も、イツキさんの敵にはなりたくありません」

「ん。じゃあ問題ない」

そういうと、シロの髪の毛が逆上がるほどに地面から白い光の奔流が迸る。

今度は白くなったもやが、キラキラと輝きを放ちながらシロに纏わりついていく。

「あれはまさか……！」

アヤメさんが驚愕の表情を浮かべ、知的好奇心からか思わず笑ってしまっている。

「……『参纏……白獅子』」。

シロはナイフを持ったまま四つん這いになり、四足獣の構えを取る。

相手を見極め、尻尾を振ってリズムを取り、もやで象ったたてがみを靡かせるその姿はまさしく白い獅子の姿であった。

「……行く」

四足獣のように駆けて隼人へと肉薄する速度は、先ほどの黒鼬よりもずっと速い。

そして、シロが振るうナイフを受けた隼人が、剣を大きく弾かれ驚愕の表情を浮かべた。

さらにもう一方のナイフが隼人の腹部を打ち、大きく体を仰け反らせて後方へと飛ばされる。

「っ……！」

この試合、隼人は初めてのダメージだろうか。

「入ったのか？」

「隼人様……」

「クリス。大丈夫なのです。隼人様は自分で飛んでダメージを減らしているのです」

まじかよ……あの一瞬の攻防の中でそんな選択まで取れるのか……。

「やりますね……次はこちらから参ります」

「ん」

「四連斬波」

隼人が流れるような動きでほぼ同時に四方向から剣を振るう。

四連斬りだと把握できたのは、あまりに速い剣の軌跡が四つ見えたからというだけだ。

だが、シロは大きく動かずに最小限の動きだけで避け、更には反撃を加えると隼人は追撃を止め、
体を盾の内側に押し込めて防いで見せた。

「参纏白獅子……まさかこの目で見られる日が来るとは……」

「なんじゃ？　特殊な技なのか？」

「はい。黒猫族の中でも特に優秀な者が使える技です。ただ……あの子の年齢だと蓄えが足りない気もしますが……」

「蓄え？」

「被装纏衣唯一の弱点は、蓄えの消費量です。簡潔に言うとスキルを使用している間は、とてつもない速さでお腹が空きます。そのため、黒猫族は体内に別の吸収機能があり普段から沢山食べることで蓄えているのです」

「あー……他の黒猫族がどれだけ食べるのか知らないが、シロは普段から大人の何倍も食べるぞ？」

「なるほど……個人差もあるようですし、あの子はとても貯蓄できる領域が多いようですね」

こちらもなるほどだ。

シロの小さな体のいったいどこに入っているのだろうと謎だったのだが、これで解決だ。

今朝も相当食べていたからな……。

「四連斬波を完璧に避けますか……。速度、力、それに知覚まで上がっている……どうですか？」

「ん。肌に当たる風も、隼人のほんのちょっとの動きにも予想と知覚で反応できる。速度も黒鼬よりも速いし、力も灰虎より強いよ」

「なるほど……厄介ですね。でも、強力だからこそあまり持続出来ないと……」

「ん。だから……短期で本気」

「……わかりました。それでは僕も、全身全霊をもって応えさせていただきます」

そう言うと隼人は盾と剣を捨て、両手で剣を持っているかのように構えた。

あの構えを俺は一度見た覚えがある。

あれは確か俺がこの世界に来たばかりの頃。

隼人に助けてもらい、隼人と打ち解けたすぐ後の事だったな。

「……『光の聖剣(エクスカリバー)』」

隼人の手に突然現れた剣の刀身が輝き、その輝きに光が吸い込まれていく。

剣は刀身を伸ばしたかのように光を帯びてやがては光の剣となった。

「隼人のユニークスキル……」

「はい。これが僕のユニークスキル。『光の聖剣(エクスカリバー)』です」

「おいおい……模擬戦だろ？」

「まあ、相手が全力であるのならば、それに応える男であるからな……」

「お互いに大怪我はさせないでしょうが……周りへの被害を考えているのでしょうか」

アヤメさんの言うとおり、戦いが激しくなるにつれてリングだけではなく、観客席にまで余波が飛んできている。

大会中は防護壁を魔術師によって張られて守られていたのだが、今は無いので観客席にまで余波による亀裂が走っていた。

「エミリー、ミィ、クリスを守るわよ」

「はいなのです！」

「ええ。そうね……。おそらく、信用してくれているのでしょうけど……二人とも本気すぎない？」

エミリーの言うとおり、いくら本気の模擬戦だからって二人とも全力を出しすぎだろう。

これでも大丈夫……と言われても、そう信じられるものじゃないだろう。

「……止めますか？」

「え？」

「随分と不安な顔をしていますが、止めたいのですか？」

「……止めてくれって言ったら、止めてくれるのか？」

「さあ、言われてみなければわかりません」

薄っすらと笑みを浮かべるアヤメさんが、俺を試すかのような視線を向けてくる。

俺は腰を上げてソファーから立ち上がり、手すりに肘を乗せて二人を見下ろした。

すると、隼人とシロによる余波がこちらへと飛んできて、アヤメさんが刀を振るい守ってくれようとするのだが、それよりも早く不可視の牢獄を発動して余波を防ぎながらアヤメさんの方を向く。

「……止めるわけないだろ」

「へえ……意外ですね」

「止めたら……シロに嫌われちゃうだろ？　それに、俺は二人を信じてるさ」

不安は拭えるものじゃない。でも、それ以上に二人を俺は信じられる。

だから、矛盾する気持ちを抱えつつ、大丈夫だと確信はしているから。

激しく剣戟を繰り広げる二人を見守りつつ、無事を願いながら戦いの終わりを待つのであった。

シロが白い衣を纏い、隼人が光の聖剣（エクスカリバー）を出してから先ほどの打ち合いよりもより激しい戦いが繰り広げられていた。

近くで見ている分危険な余波が飛んでくるけれど、目を離すわけにはいかない。

「あの剣戟の中であのような回避を行えるのか……」

「フェイントも一度の攻撃で一回じゃないっすし、お互いにそれに引っかからないって……」

アイナとレンゲも二人の領域が途方もなく遠いと感じているみたい。

頭で考えるのではなく、体が反応をするレベルでの戦いの更に先。

お互いがお互いの次の最善手を感じ取り、打ち、逸らし、透かさせ、防ぎ止め、じりじりと自身に有利になるように戦いをくみ上げなければいけない程の強者同士の戦い。

本当に……果てしない程に遠い存在ね。

「……むかつく」

「ソルテ？」

「馬鹿猫……」

どうりで私達との模擬戦で本気を出さない訳よね。

出すまでもない……今この戦いを見れば、当然だと感じざるを得ない。

でも、私が苛立っているのはそんな理由じゃない。

「なんであんたが、私を励ましてんのよ……」

シロの戦う姿から、言葉にならないメッセージを感じている。

この戦いは、シロが私達へ言葉ではない励ましを与えるためのものだと感じている。

「……そうか。そういうことか」

「今このタイミングで隼人と戦うなんて言い出したのは、そういうことなんすね……」

アイナとレンゲも気づいたらしい。

「……俯いている暇は無いという事だな」

「とっとと顔上げて、ここまで来いって事っすね……」

シロは隼人には勝てないってわかってる。

でも、今隼人と戦って、自分の強さを見せ付けて、私達との差を示している。

明確な目標を、シロと私達の具体的な差を見せ付けることで目指すべき場所を強さを、示してくれている。

シロの言うとおり、私達はアインズヘイルに拠点を構えてから自分達の強さに満足していた。

あの大きな街で一番上のランクの冒険者。

皆に頼りにされ、今の力でも多くの人を救える冒険者になれたと、どこかで慢心し、停滞してしまっていた。

「……私、弱いのがこんなに悔しいだなんて思わなかった」

「っすね……はは」

「どうした？　突然笑い出して」

「いやあ、そういえばあんなにはっきりと負けたのって久しぶりだなって思ったんすよ」

「そうだな……。師匠に隼人、シロ……どれも相手は格上で、負けたのは模擬戦ばかり。久々に本気の戦闘で負けたのだよな……」

「はぁ……」

「落ち込むのはわかるっすけど、ため息なんてらしくないっすね」

「そうでもないぞ？　最近のソルテは主君を想ってよくため息をついている」

「なっ……そんな事……ある？」

そんな自覚ないんだけど……。

でも、うんうんと二人して頷かれるとそうなんでしょうね……。

「……しょうがないじゃない。好きなんだもん。大好きなんだもん」

想えば想うほど好きになる。

笑顔を見るだけで、胸がドキドキする。

こんな気持ち初めてだから、もどかしくてついため息が出てしまう。

「はぁー……やばいっす。この乙女ソルテたん超可愛いっす」

「ふふ。そうだな。抱きしめたくなるな」

「馬鹿にしてるでしょ……」

「そんな事はないっすよ！　自分達だって」

「ああ……気持ちは一緒さ」

……一緒なら、茶化さないでよね。

「……でも、大会に負けちゃった以上、このまま気持ちを伝える訳にはいかないわよね」

「っすね。勝ったらって決めてたのに、負けて告白……なんて、格好悪いにも程があるっすもん」

「うん。でも、私は一生紅い戦線（レッドライン）をやめる気はないわよ」

冒険者だから、ランクに合わせた戦いしかしてこなかったから、これ以上は強くなれないとシロは言った。

でも、シロも言ったとおりそれはシロの個人的な意見であって、正解がそれしかないわけじゃあない。

「ならば、このまま強くなってみせるか？」

「シロを目指して強くなりつつ、シロと全く同じ道は進まないって事っすよね。いいっすねそれ。でも、どうするっすか？」

「ねえ、私さ一つだけ思いついたことがあるんだけど……」

「奇遇だな。私もだ」

「んん？　なんすか思いついたことって」

「レンゲ、強くなるといえば、我々にとっては師匠だ」

……その通り、アイナもやっぱり同じ事を思いついたみたいね。

「ああーなるほど。って事は、あのクエストっすか」

「うん。久々に……冒険をしましょう」

冒険者ギルドには、基本的にその地域でのクエストが張り出され、その街の冒険者がクエストを受けて依頼を達成するようになっている。

でも、どの冒険者ギルドにも張り出されているクエストというものもある。

その中の一つ。超高難易度クエスト……『闇洞窟の主』。

これは、私達が師匠と修行をした場所の近くにある洞窟の事だ。

師匠からは絶対に入るなと厳しく言われ、入り口を見に行っただけで初めて訓練以外で本気で怒られた場所。

あんなに優しくて普段おちゃらけている師匠に冷たい瞳で、『死ぬぞ』と言われたのは、後にも先にもそれだけだった。

「あー……って事は、ご主人と少しの間お別れって事になるんすかね……」

「……それ、口に出さないでよ。わかってても辛(つら)いんだから……」

「だがまあ、必要な事である以上、仕方ないだろう」

……うん。

でも、主様と一緒じゃだめなんだ。

あの洞窟は……主様を守りながらじゃあ攻略できないから。

主様を、危ない目に遭わせるわけにはいかないから。

それに……主様と一緒だと、決意が揺らいでしまいそうだから……。

「……行く前に、ちゃんと主様に言わないとね」

「暗い顔をするなよソルテ。目標が定まった。今はそれだけで、一歩前進だ」

「……ええ。そうね。あんたにも礼を言っておくわ。ありがとう。シロ」

今なお激戦を繰り広げているシロに向かって小さく呟く。

シロの口元が少しだけ笑ったって事は聞こえたんでしょうね……。

そして、火花を散らして斬りあう最中隼人がぴくりと一瞬動きを止めた。

その後シロが後方へ飛び、四足の構えを解いてぺたんとへたり込んでしまった。

「……はふぅ。貯蓄切れ……。お腹すいて、動けない……」

「……それでは、ここまでですね」

「ん。やっぱり隼人は強い……。悔しい」

「シロさんも強かったですよ。ええ、驚くほどに……。これなら、イツキさんも安心ですね」

「ん。でも、シロ一人じゃ守りきれない事もある。だから……」

シロがこちらへと視線を向けた。

あんたの言いたい事はわかったわよ。

ちゃんと、強くなるわよ。

主様の為(ため)に。私達の為に。

強い意志を胸に、シロの視線に応えてみせる。

もう……俯いたままじゃない。

前を向いて、私達の望みを叶える道へと進む。

すると、シロは安心したように笑いながら、お腹を大きく鳴らして仰向(あおむ)けに倒れるのだった。

番外編　バニー服さん現る

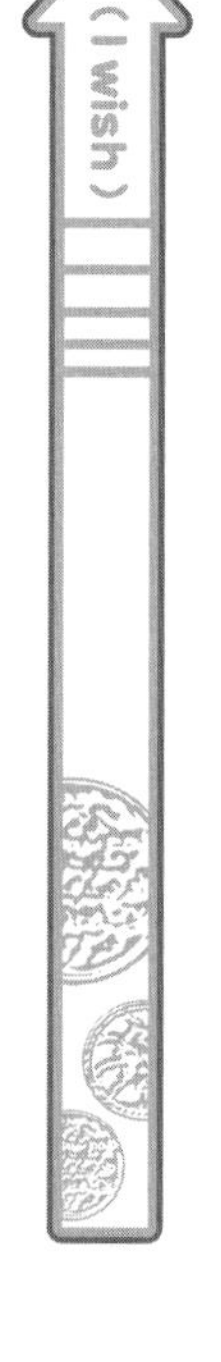

隼人との激戦は凄まじく、アイリスはとても満足したようで、腹が減って倒れたシロをねぎらう為に私邸へと招いてくれた。

「今日はたくさん食べてくれ！」

アイリスが両手を挙げ、広い広間に所狭しと並べられた豪華な料理の数々を自慢げに披露する。

「はぐはぐがつがつぐもぐも……もういただいてる」

極限状態にまで腹を空かせていたシロが我慢できるわけもなくもうすでに食べ始めているが、アイリスは気にした様子も見せない。

「良い良い。たくさん食べるがよいぞ。お主には良い物を見せてもらったからな」

満足そうに微笑んでいるので問題は無いらしい。

俺も見たことが無い食材ばかりなので、興味津々であった。

「……相変わらずシロはよく食べるでやがりますな」

「わあわあ！　見てくださいよ隊長！　教会じゃまず食べられない高級品が山ほどありますよ！」

「……副隊長。はしたないでやがりますよ」

目を輝かせてはしゃぐ副隊長とそんな副隊長を冷ややかな目で見るテレサがテーブルの前の光景に呆気に取られていた。

「……で、なんで私達が呼ばれたでやがりますか？」

「む？　お主らもこやつと関わりがあるのだろう？　こやつは近々帰るというし、せっかくのパーティーだからな」

「……はあ。アイリス姫殿下からのお呼びだから緊急の案件かと思えば……」

「まあまあいいじゃないですか！　豪華なご馳走、お仕事はお休み！　しかも姫殿下のお墨付きですよ！」

「はあ……まだやることを残して来てるでやがりますよ。帰ったら仕事の続きでやがりますからね」

「うへえ……テンション下がることを言いますね……」

相変わらず、この二人はいいコンビだな。

なんというか、バランスよく真面目と不真面目、性格の違う二人がぴったりと噛み合っているかのようだ。

「それにしても、隼人とシロの戦いでやがりますか……。見たかったでやがりますな……」

テレサにはシロが食事をしながら質問に答えるように話していたので、もうばれている。

まあ、シロとテレサは一度共に戦っているし、ある程度シロの強さはばれていたと見ていいだろうな。

「すまぬな。お主らまで呼ぶと、流石に面倒な奴らにまで嗅ぎつけられるからな。こやつを注目されるのは困るでな」

「ああ……そういう……。なるほど。主さんを庇護下に置いたのでやがりますか」

「うむ。こやつは有能ゆえな」

「ええー。主さん姫殿下のものになっちゃったんですか？」

庇護下な？　庇護下に入っただけだから、別にアイリスのものになった訳じゃないぞ？

「そんなわけが無いでしょう。ただ単に貴族と何かあった際にはアイリス様がお守りするだけです。それに、対価はいただきます」

おお、俺の思ったことをアヤメさんが答えてくれた。

そう。そのとおりだ。対価はアイスだけどな。

「「……」」

「……なんですか？」

「いやあ……なんというか、普段のアヤメからは考えられないような凄い格好をしてるでやがりますね」

「痴女ですか？」

「なっ……これはっ！　あの変態が私に着せてきただけで！」

「アヤメには罰を与えると言っておってな。何にするかと悩んでおったのじゃが、ちょうど提案があってな」

ふっふっふ……くっくっくっく……。

変態？　俺のことか？　ああそうだとも変態で構わんよ。

アヤメさんの！　バニー姿が見られるのなら甘んじて受け入れよう！

それと、痴女はお前だ副隊長。

「イツキさん……凄く悪い顔してますよ」

「いやお前見てみろってあの姿を！　クールで冷笑を浮かべるアヤメさんがバニー服で恥ずかしがってるなんて男としてたまらんだろう！　それに、あのバニー服は隼人が持ってたんじゃないか」

そう。そうなのだ。

俺はあくまでもアヤメさんに何かリアクションが欲しいと考えていたら、隼人がそういえばこんな物が……と、ダンジョンで手に入れたらしいバニー服を出してきたのだ。

これ幸いとアイリスに提示し、アイリスも快諾したところアヤメさんは全力で拒否……するわけにもいかず、このパーティーの間はあの格好でという罰が執行されたのだ。

「殺す殺す殺す殺す。絶対に殺す……。貴方（あなた）だけは絶対に私が殺す……」

呪詛（じゅそ）のように恨みがましい瞳を向けるアヤメさんだが、セクシーなバニー姿が可愛（かわい）らしいのでまるで丘に吹く春風のような心地よさである。

肩は丸出し、ぴったりと吸い付くような生地に露（あらわ）になった谷間。

V字の角度が美しい股周りと、むっちりとした太ももを覆う黒いタイツに、お尻の半分しか覆わない臀部（でんぶ）の布と可愛らしさを増幅させる丸い尻尾。

極めつきはバニー服をバニー服たらしめる頭のウサ耳だ。

バニー服が似合うとは思っていたが、これほどまでぴったりだとは思わなんだ。

想像を超える現実……嗚呼素晴らしい。

「隼人もああいうのが好きなの？」

「いや、僕は別に……」

「隼人様……私は、隼人様が着て欲しいなら……」

隼人は隼人のところの女の子に取り囲まれ、詰められてるな……。

俺のところはシロはご飯に夢中で、アイナ達もなにやら元気の無さは回復したようでご飯を一緒に食べている。

で、ウェンディなんだが……。

「隼人様、あの服はもう無いのですか？　出来ればいただきたいのですが！」

「えっと、あれダンジョンで出てきたもので、一点ものなんですよ……」

「そうですか……そうですか……」

ウェンディが興奮気味に隼人に詰め寄るが、残念ながら無いらしい……。

ウェンディのバニー姿か……零れ落ちそうなおっぱいがたまらないだろうな……。

兎は性の象徴。そんな姿で夜に詰め寄られたりなどしたら……ぬふ。

「何を気持ちの悪い顔をしているのですか？　殺しますよ？」

「おお、冷たい目をしたバニーさんも悪くない……」

クールビューティにセクシーが加わるのに性の象徴。

そういうバニーもありですね！

「殺しますね」

「だめ」

シロが俺の前に立ちふさがると、アヤメさんは一歩後退してしまう。

「……あれほどの力がありながら、なぜこんな変態に……」

「シロは主が大好き。アヤメの知らない主のいい所はたくさんある」

「それは……確かに私が知る事が全てという訳ではありませんが……。失礼。早計でした。もっとじっくりと吟味すべきかもしれません……。冷静さを失っていました」

「ん。それに、アヤメの格好は可愛い。主も褒めたいだけ」

うんうんと頷いてみせると、胸の谷間と下を隠しながら顔を赤らめるアヤメさん。

「……一応、ありがとうござ――」

「ああーアヤメお姉ちゃんエッチな格好してるー！」

「なっ……」

……いい感じで終わりそうだったのに、良くない流れが舞い降りそうだ。

「なんで貴方達がここに!?」

ぞろぞろと現れたのは、小さな獣人の女の子達。

一様に同じ格好で、小さなシノビのようで可愛らしい。

確か、この子達もアイリスの護衛だったはずだ。

「わらわが呼んだのじゃ。せっかくだから、皆で食べようとな」

「アイリスしゃまにお誘いいただきまちた」

「ご飯を一緒に食べようと言われました！」

はうあ……何この子達。めっちゃ可愛い……。

小さな体にふわふわの耳と尻尾……愛くるしい表情が沢山あって心が、心が浄化され癒されていく……っ！

「アヤメお姉ちゃん、なんでそんな格好しているの？」

「これはこの男がっ！」

「男？　アヤメお姉ちゃんの男!?　ついにアヤメお姉ちゃんにも恋人が出来たの!?」

「私知ってるー。ずっと喧嘩してた人だー。でも、喧嘩するのは仲良しだって聞いたことあるから、本当は好きな人？」

「ち、違います！　こんな男は違いますし、お断りです！」

「嫌よ嫌よも好きの内？　お姉ちゃん、そろそろ本気で考えないといけない年なんだから、選り好みしちゃ駄目だよ？」

「子供がそんな心配しなくていいの！　ちょっと貴方からも何か――」

「おーよしよし。アイスたべるか？」

「「「わーい！」」」

ああ……可愛い……。

慌てなくていいからな？

ちゃんと人数分あるからな。

シロの分もあるから、焦らなくていいぞ。

「ちょっと餌付けしないでください！　変態の毒牙が！」

「そうじゃそうじゃ！　そういうものはまずわらわに出さんか！」

勿論アイリスの分もあるとも。

観戦していた時は集中しすぎて出せなかったからな。

「はいはい。アヤメさんも是非どうぞ」

「私は別に……それよりも誤解を……」

と、言いつつも次から次へと出てくるデザートに視線がいっているのを俺は見逃さない。

一度甘味の魅力を知ってしまえば逃れられないのが世の理だ。

それに今回はアイスだけでなく、プリンやシュークリーム、更にはショートケーキなど俺のデザート勢総ぞろいである。

チョコレートなどが手に入れば、もっと種類が増えそうなものだが生クリームが作れただけで贅沢は言うまい。

「おおお……菓子が、菓子が山のように……！」

「出し惜しみ無し。今俺が作れる全種類のデザートだ」

「……本当に、顔に似合わない細やかさですね」

「褒め言葉として受け取っておきます」

厳つい顔したパティシエとか結構いると思うんだけどな……。

そしてそんな顔をしたパティシエこそが繊細で美しく、優しいデザートを作るものだと勝手に思っている。

「……のう。お主王都で店でも出さぬか？　そうすればいつでもお主の甘味が食べられるのじゃが」

「悪いけどアインズヘイルに家があるんだよ」

「ならばその家を売り王都に引っ越せばよい！　足りぬ分はわらわが出してやるぞ？　勿論店を出すならばわらわ御用達と宣伝してやるぞ！」

「え!?　イツキさん王都に引っ越すんですか!?」

「嫌だよ……。アイリスにも隼人にも言ったろ？　俺は出来れば働かずに生きていきたいの。王都でアイリスの御用達の菓子屋なんて開いたら、毎日忙しくて俺の理想からはかけ離れちまうだろ……」

それこそ、元の世界のように仕事をして家に帰って泥のようにベッドで寝る生活になるだろう。

ああ、考えただけで絶対に嫌だ。

従業員の制服を纏うウェンディ達の姿は見てみたいが、それは趣味で行えば良い訳で、アインズヘイルで気ままに錬金スキルを使って自由に稼いでいる方がずっといいだろう。

「……絶対駄目か？」

「そうだな。心変わりすることはないと思う」

「わらわがこんなに頼んでもか？」

「ごめんな。どんだけ頼まれてもだよ」

せっかく最寄の店も増えて冒険者達や街の皆とも仲良くなった上に、師匠でありお世話になったレインリヒもいる。

その上スキルを使えば短時間で済ませられる高収入の定期的なバイブレータ作りまであるのだから、あの街から離れるのならばよっぽどの理由じゃないとならないだろう。

「むう……わらわ御用達なんて頼んでくるような輩(やから)もいるほどなのに……。ううう……アイスぅ……」

この勧誘もアイスのためってのがまた凄いよな。

アイスのために家も用意するって、どれだけはまったんだよ……。

「悪いなアイリス。アインズヘイルに来た際は、いつでもアイスを用意しておくからさ」

……それに、空間魔法のレベルが上がれば『転移』の魔法も手に入るかもしれない。

そうなれば、いつだって王都へも遊びにこれるようになるだろう。

なんせ空間魔法レベル4で覚えたのが『空間座標指定(エリアポインティング)』だからな。

座標の指定、検索、そして『不可視の牢獄(インビジブルジェイル)』のスムーズな座標移動が行えるスキルだ。

その中でも指定と検索。このスキルの肝は、まさしく転移のためにあるようなものだと思っていいだろう。

だから俺の予想通りなら、次かその次かでおそらく覚えるだろうさ。

「仕方ない……諦めて今はお主特製のデザートを堪能しよう。せめて、記憶に深く刻んでおかねばな」

アイリスが食べ始めるとテレサや副隊長も興味深くデザートの方へと近づいていき、じっくりと眺め始めた。

「ほーう。これを主さんが作ったのでやがりますか？」

「おおー。意外も意外ですね。これがギャップ……。つまりダーリンさんを旦那さんにすれば毎日お菓子が食べ放題と！　お仕事で疲れて帰ってきた私をエプロン姿のダーリンさんが優しく『おかえり』って迎えてくれる訳ですねー！」

「……その代わり、ああいうエロティックな服を着させられるでやがりますよ？」

「望むところでは？　よく見ると結構可愛いですよアレ。それに、あの格好でダーリンさんに強気に襲われるのも悪くなー――」

「お初にお目にかかります。私、ご主人様の奴隷長であります。ウェンディと申します」

「い……で、でけえ！」

ウェンディが胸を張り副隊長の前で牽制(けんせい)するかのように挨拶をすると、副隊長はあまりにも大きなウェンディのおっぱいに目を取られてしまったようだ。

そういえば、テレサと副隊長ってウェンディやアイナ達と会うのは初めてか。

副隊長は紅い戦線(レッドライン)とは大会で審判と選手の間柄なだけだったし。

「これはどうも。神官騎士団隊長兼、一応聖女であるテレサでやがります」

「ひゃああ……何を食べたらこんな大きさになるんでしょうか……でも私だって……」

確かに副隊長のものも立派な『おっぱい』であり素晴らしい大きさではあるが、流石にウェンディほどの大きさは無い。

ただ、大きさだけが全てというわけではない事にだけは同意である。

「こら、副隊長。どこを見ているでやがりますか。失礼でやがりますよ」

「あ、失礼いたしました！　私神官騎士団副隊長の——」

「聖女様……。失礼ですが、ご主人様とはどういったご関係なのでしょうか？」

笑顔が、笑顔の裏に何かが見える……。

というかそのプレッシャーが俺に降りかかろうとしている気がする！

「隊長は、ダーリンさんからマリアアリリーを貰う仲ですよ！　あと私の名前は——」

「マリアアリリー……求婚の花を……っ！」

「ややこしくするなでやがりますよ副隊長。あれは、主さんがマリアアリリーを贈る意味を知らなかったのだから無効でやがります。そもそも、貴方達から主さんを取るつもりはないでやがりますよ」

「ほっ……そうでしたか。失礼をいたしました……」

「むうう。私はダーリンさんと体を重ねましたけどね!!」

いや待て、そんな覚えは……アレか？

おんぶのことか？　確かに体を重ねたといえば重ねてはいるが……。

「っ……か、重ね!?」

「ええそうです。ダーリンさんったら、後ろから私に必死に抱きついて強く激しくぎゅうってするんですよ。私がいくら動こうとも放さないんですから！」

アンデッドの群れの中だったからね。

ウェンディ顔が引きつってるぞ。

俺のほうを見られても、事実だけど事実じゃないのでなんとも反応がしづらいぞ。

「ダーリンさんったらひいひい言って私にしがみつくのに必死でしたよ。まあ、私からすれば大したことはありませんがっ！」

この副隊長、わざと勘違いされるように言葉を選んでやがる。

……嘘は言っていない。だが、偽情報は広げすぎるとバレやすくなるものだ。

「ご主人様がひいひい……？　それは無いかと。ご主人様はいつも余裕たっぷりで、私の方が先にばてしまっても余裕があるくらいですよ？」

「あ、そっちはもうなさってるんですね……」

……凄く小さい声で呟かれチラリと視線を向けられるが顔をそらしておいた。

俺とテレサにはかろうじて聞こえたようだが、ウェンディには聞こえなかったらしく真面目な顔で副隊長の反応を待っている。

「ま、まあ？　私は経験豊富ですからね！　あれくらいの男であれば手玉に取っちゃう感じですから！」

「教会関係者の貴方がですか？」

「っ……レ、レイディアナ様はそういったことにも寛容な女神ですからね！　豊穣と慈愛の女神様は子作り推奨派なんですー！」

まじかよ。

あのお美しい女神様が子作り推奨派……？

別になんらおかしい事ではないのだが、清楚系だと思っていたので妙に驚き、そして少し嬉しく思ってしまう。

「……いくらなんでも、男を手玉に取ることを容認するとは思えないでやがりますがね」

「隊長は黙っててください！　どっちの味方なんですか！」

「味方も何もないでやがりましょう……」

まったくもってテレサの言うとおり、味方も何もない話だ。

だって何故か副隊長がウェンディに対抗意識を燃やしているだけなのだから。

そしてウェンディは副隊長の嘘がわかると余裕の笑みを浮かべている。

「ぐぬぬぬ……」

「なにがぐぬぬぬでやがりますか。対抗するまでもないでしょうに」

「だってー！　なんか悔しいじゃないですか！　せっかくいい出会いだと思ったのにー！」

「ご主人様との出会いをいい出会い……と、おっしゃる慧眼は認めますが、ご主人様は渡しません！」

おお、独占欲の強いウェンディさんだ。

というか、自分が欲されているという状況が少し嬉しい。

その相手がこんなにも胸が大きくて美人なウェンディだから、尚更だろう。

「修羅場？　修羅場なの？」

「こら！　見ちゃいけません！　教育に悪いです」

「ア、アヤメお姉ちゃんも混じらないと！　また行き遅れになっちゃう！」

「あ、こら、背中を押さないの！　というか、私は別に行き遅れている訳じゃ、ただ男を必要としていないだけって、話をちゃんと聞きなさい！」

「お兄ちゃんも当事者なんだから、責任を取るのが男でしょ！」

あ、俺も？　俺も背中を押されるのね。

おーよしよし、可愛いな……って、思ったよりも力が強い！

そうだよね！　ステータスがある世界だもん、子供でも俺よりも圧倒的に強いなんてこともあるよね！

「ちょ、ちょっと、なんで私に近づいてくるんですか!?」

抵抗？　無理無理。俺ごときじゃあ、なす術もないもん。

スキルを使うわけにもいかないし、もうなすがままだよ。

……別に、アヤメさんに不可抗力で近づけるから無抵抗な訳じゃないよ？

「えいえい！」

「たのしそー！　わたしもやりゅー！」

おっと、数が増えたぞ。

もうどうにもならないな。

あとは野となれ山となれだ。

「なんですかその、俺の意思じゃないぞ！って顔は！　あ、こら、近すぎます！　あなた達もいい加減にしなさ――」

「皆でせーの！　ドーン!!」

俺の後方各所に衝撃が走り、勢いよく俺は前方へと軽く吹き飛ばされ、あまりの急加速に転びそうになるのだが、転ばずにはすんだようで、痛みは感じない。

ポヨン
そして、世界で美しい擬音の５本指に入る音がした気がした。

それと同時に俺の顔面が柔らかい感触を受け、俺はそれを甘んじて受け入れた。

「っっっ!!」

頭上では声なき声を上げるアヤメさんがいるのだが、その姿を俺は確認することが出来ない。

なぜなら俺は、バニー服によって開かれた胸の谷間に顔を埋めているのだから……。

「作戦成功！」

「これでお姉ちゃん達はもっと仲良しになる？」

「なるとおもいまちゅ！　本に書いてありまちた！　男は、女の胸が一番安心する場所なんでしゅ！」

「あなた達っ！　というか、早く離れなさい！」

……はーい。

おそらくもう二度と味わえぬアヤメさんの感触を、もう少し享受していたかったのだが指摘されては仕方ない。

名残を惜しみながら顔を離してその場に座り込み見上げると、顔を真っ赤にさせて涙を溜め、物凄い眼力で見下ろしつつも睨みつけるアヤメさんのお顔があった。

「あー……その……ごめんなさい」

そんな顔を見ては、申し訳ないことをした！　と、反省する他ないだろう……。

……ちょっと普段は見せないような表情だったので、ドキッとするくらいは許してほしいが……。

「……っ。一応、第一声を言い訳などせず謝れはするのですね。いいでしょう。シロさんが言ったように、確かに私が思っているような相手ではないのかもしれません。ええ、身をもって経験して――」

「ご主人様！　胸ならば私がお貸しします！」

「何を言っているんですか！　私だって胸はあります！　さあ、どうぞ揉むなり埋めるなり好きにしても構いませんよ！」

両サイドからはさまれる様にしてやわらかい感触が俺を襲う。

……どうして、こんな幸せな出来事がこのタイミングなのだろうか。

多くの弊害が、俺とアヤメさんを仲良くさせないようにと現れるのは、もはや運命なのだろうか。

「……死ねばいいのに」

「俺のせいじゃないよね？」

あっという間に何もかもを凍らせるような、シノビ特有の冷たい表情へと変わるアヤメさん。

だが、そんなことはお構いなしに顔を胸に押し付けようと競い合うウェンディと副隊長。

「全く……副隊長、冗談は程ほどにでやがりますよ。神気が下がっても知らないでやがりますよ」

「今のところ下がっていないので大丈夫です！　それに、冗談は半分です！　でも、半分は本気ですからっ！」

「私は全部本気です！　ご主人様がお相手ならば、あんな胸の開いたエッチな格好だって出来ますから！」

「私だって出来ますよ！　あんなお尻も股も際どいエッチで恥ずかしい格好で、リクエストにお応えしてみせますよ！」

そんなエッチな格好をしているアヤメさんの事も考えてあげて！

個人的には二人のそんな姿もぜひ見てみたいけど、今は見たくないアヤメさんの表情しか見れないから！

バニー服なのに、瞳孔の開いた恐ろしい視線から目が離せないから自重して！

視線だけで人は死ぬと印象付けられそうなの！

「はあ……敵は多いわね」

「そうだな……。この調子では、一体どれだけの相手が主君の周りにいるようになっているのだろうな」

「王都に来てから聖女のテレサさんに神官騎士団の副隊長。王族のアイリス様とその護衛のアヤメさん……。どんだけ女の知り合いが増えてるんすかね……。これは尚更早くしないとっすね……」

なにか訳のわからない事を話している紅い戦線(レッドライン)の三人。

見ているだけなら出来れば助けてくれ……。

結構な力で俺の頭を奪い合っているので、首が……首が……取れそうなんだ……。

それに、目の前のバニーさんがどこからともなく取り出した短刀の腹をぽんぽんとしているのがとても恐ろしいの……。

ちびっ子達、あれー？　と首をかしげている場合じゃないぞ。

シロもおっぱいの話になってから興味が失(う)せたのかアイリスと一緒にデザートに夢中だし、テレサは呆(あき)れた顔をしているし！

頼む！　誰でもいいから助けてくれっ！

あとがき

ついに五巻だ！　無事に五巻発売できましたー！　あ、どうもシゲです。お久しぶりです皆様！

今回もご購入いただきありがとうございます！　楽しんでいただけましたら、または楽しんでいただけたのなら幸いです！

さて、無事に刊行出来ました五巻ですが、Ｗｅｂで言うところの５章ですね。

５章……うん。５章は私のトラウマでしたね。『大会編』と『学園編』は鬼門とお聞きしましたが、まさしく私にも鬼門でした。

うまくいかず、辻褄も合わず、悪戦苦闘し修正に修正を重ねた結果考えすぎて不眠症に陥るなどなかなかに問題のある所でしたからね……。

そういった訳で、Ｗｅｂ版からは大分マイルドにしつつも重要なところは押さえた上で、きゃっきゃうふふと女の子達の可愛さを増やしていったものになったかなと思います。

アイリスとのイベントも増やし、アヤメさんも可愛く描けたかな？

さて次ですが、なんといってもこの話題に触れないわけにはいかないでしょう！

コミックス一巻発売です！　同時発売です！

もうまさかですよね！　前回の四巻のあとがきでもハイテンションでしたが、今回だってハイテンションです！

『！』がきっといつも以上に多くなっていると思います！

この物語を書き始めた際は、書籍化もするとは思っておらず、まさか五巻まで出せるなんて思っていた訳もなく、さらにはコミカライズだなんて夢のまた夢でしたからね。

コミカライズの長頼先生の描くアイナやソルテ、ウェンディやシロが本当に可愛らしい……。

おっぱいの肉感やむっちりとしたお尻など、可愛く！　エロく！　面白く！　本当に魅力的なんです！　ご購入がまだの方は是非！

それでは軽く日常的な報告をしてみますかね。

最近初めて喫茶店で執筆をしてみたのですが、凄く良かった……。

なんかこう……意識高い系に見られるのではないかと危惧していたのですが、環境の違う場所で書いてみるというのはとても良かったです。

控えめなＢＧＭ、美味しい珈琲に軽食も頼めるなんて素晴らしい環境でした！

ただ混雑してくると満席になってないかとか、迷惑になってないか等を気にしてしまいあまり長い時間はいられないのが難点ですね……。

とはいえ、気分転換にはうってつけでしたのでまた行こうと思います。

今回のあとがきはとても普通でしたね。次回ははっちゃけようかな？

それでは！　この本を手に取ってくれた皆様！　いつもどおりわかりにくい注文にお付き合いくださるオウカ様！　コミックスで読者と私に新たな楽しみを描いてくれる長頼先生！　何かあるたびに電話をかけてしまう私と上手く付き合ってくれている編集様！　そして、五巻まで出させていただけているオーバーラップの皆様に感謝をし！　また六巻でお会いできたらお会いしましょう！

異世界でスローライフを（願望）5

発行　2020年2月25日　初版第一刷発行

著者　シゲ
イラスト　オウカ
発行者　永田勝治
発行所　株式会社オーバーラップ
〒141-0031
東京都品川区西五反田7-9-5
校正・DTP　株式会社鷗来堂
印刷・製本　大日本印刷株式会社

ISBN　978-4-86554-614-9 C0093

【オーバーラップ　カスタマーサポート】
電　話　03-6219-0850
受付時間　10時～18時（土日祝日をのぞく）

作品のご感想、ファンレターをお待ちしています

あて先：〒141-0031　東京都品川区西五反田7-9-5 SGテラス5階　オーバーラップ編集部
「シゲ」先生係／「オウカ」先生係

スマホ、PCからWEBアンケートにご協力ください

アンケートにご協力いただいた方には、下記スペシャルコンテンツをプレゼントします。
★本書イラストの「無料壁紙」　★毎月10名様に抽選で「図書カード（1000円分）」

公式HPもしくは左記の二次元バーコードまたはURLよりアクセスしてください。
▶ https://over-lap.co.jp/865546149
※スマートフォンとPCからのアクセスにのみ対応しております。
※サイトへのアクセスや登録時に発生する通信費等はご負担ください。

オーバーラップノベルス公式HP ▶ https://over-lap.co.jp/lnv/